■河南评论家文丛

河南小小说作家简论

杨晓敏 著

河南大学出版社
HENAN UNIVERSITY PRESS
·郑州·

图书在版编目(CIP)数据

河南小小说作家简论 / 杨晓敏著. -- 郑州 ：河南大学出版社，2022.3

ISBN 978-7-5649-5062-0

Ⅰ. ①河… Ⅱ. ①杨… Ⅲ. ①小小说－小说评论－河南－当代 Ⅳ. ①I207.427

中国版本图书馆 CIP 数据核字(2022)第 046566 号

项目总策划 侯若愚
责任编辑 侯若愚
责任校对 韩　露
封面设计 翟淼淼
出版发行 河南大学出版社
地址：郑州市郑东新区商务外环中华大厦 2401 号 邮编：450046
电话：0371-86059701(营销部)　　网址：hupress.henu.edu.cn
排　　版 河南大学出版社设计排版部
印　　刷 河南瑞之光印刷股份有限公司
版　　次 2022 年 3 月第 1 版　　**印　　次** 2022 年 3 月第 1 次印刷
开　　本 890 mm×1240 mm　1/32　**印　　张** 8.75
字　　数 160 千字　　**定　　价** 39.00 元

小小说文体流变考(代序)

何　弘

小小说作为文体,应该说是在新时期以后才确立了自己的独立地位的。并非把一个短篇以精简的语言讲出来、字数压缩到1500字左右它就成了小小说,正如我们从来不会把一部长篇小说的故事梗概作为小小说来读一样。小说其他几种文体的情形也同样如此。正是在这个意义上,铁凝才有了"长篇写命运,中篇写故事,短篇写感觉"之说。这说明,同样作为叙事文学样式,由于侧重点的不同,中篇小说、小小说逐渐脱离传统的短篇小说,向不同的方向发展,逐渐成为独立的文体。

相较而言,小小说的情况还有其复杂的一面。在一般的意义上,我们倾向于认为小小说是从传统的短篇小说中分化而来的,经过发展,小小说和短篇小说、中篇小说、长篇小说一起构成了小说家族。但在小小说界,还存在着不同的看法,比如杨晓敏就把小小说与长小说并列，也就是说，他认为小说可划分为长小说和小小说两类，所谓长小说涵盖了长篇、中篇和短篇在内的所有除小小说之外的小说文体。这种所谓提高小小说“文体地位”的努力在小小说界还在进一步发展，比如王晓峰，就把小小说与小说并列，认为小小说是独立于小说之外的一种文体，应该和小说、诗歌、散文、报告文学等并列。其实，长篇小说、中篇小说、短篇小说并不会因为都在小说的“屋檐下”，就存在“文体焦虑和自卑”，小小说也当如此；即使我们把小小说提高到和小说并列的位置，走出小说的“屋檐”，小说“屋檐下”的长篇小说、中篇小说、短篇小说也不会因此低小小说一头，产生“文体焦虑和自卑”。我们承认小小说是一种独立的文体，具有自身的文体特征、结构特点，这就够了。对一种文体来说，能做到这一步，这种文体就会走出自己独立的发展轨迹，就会在文学史上留下自己的位置。

我们说小小说文体发展有其复杂的一面，还不是就存在于小小说界这些相对混乱的观念而言的。其实在小小说界，大家一般也是认可小小说是从短篇小说发展而来的。杨晓敏是小小说界一个影响甚大的人物，他的《小小说是平民艺术》近 20 年来几乎被小小说界奉为“圣经”。在这篇文章中，杨晓敏也明确提到：“小小说文体正从短篇小说文体中逐渐剥离出来。”这表明杨晓敏也把小小说看作是从传统短篇小说中发展、分化进而独立出来的一种文体。小小说文体发展脉络的复杂性在于，相对于中篇小说基本就是直接从传统短篇小说发展而来而言，小小说尽管从现代文体意义上说是从传统短篇小说发展而来的，但它在中国的发展还有着更多的来源，延续了更多的传统。前面我们已经谈到，中国新文学中的现代小说，基本是从西方借鉴过来的一种文体。对于目前中国绝大多数的长篇小说、中篇小说、短篇小说来讲，情况基本如此。但在小小说这里，除了继承西方的文学传统，比如以欧·亨利的方式结构小说，我们更多地继承了在其他文体中几乎被忽视的中国文学传统，使笔记、志怪、寓言等传统在小小说的躯壳中焕发出新生。在目前经典的小小说作品中，大量的作品是在描写生活中有意味的细节，其表达方式显然来自西方的叙事传统，但更有很多经典的小小说作品显然继承的是中国的文学传统。比如《世说新语》《太平广记》《聊斋志异》及大量的志人志怪小说，是中国传统的极有意味的叙事文学样式，这种表现方式在冯骥才等人那里得到了很好的继承，出现了大量优秀的小小说作品，并成为小小说的一个重要类型；而中国大量的笔记小说显然对孙方友等人产生了重要影响，于是《陈州笔记》这一类的作品大量出现；寓言的传统在很多作家那里都得到了继承，像凌鼎年、秦德龙等人的作品就具有明显的寓言意味。这样的内容基本是被历代文人固化并成为文学传统被我们继承了，而对其形成产生重要影响的民间故事、传说等其实至今仍活跃在民间，如广泛流传的段子等，对小小说的写作也发挥着重要影响，成为小小说写作的重要资源库。当我们从这样的角度来看小小说的时候，就会发现它确实与今天的长篇、中篇、短篇小说都有着很大的差异。从这个意义上讲，杨晓敏把小小说和包括长篇、中篇、短篇小说在内的"长小说"并列，也并非毫无道理。

以上我们基本上是就小小说文体自身演变的角度来谈论问题的。其实对于中国小小说的发展，还有一个重要的因素不能忽视，那就是人为因素的自觉推动。最近 20 多年来，媒体传播方式和人们生活方式的变化为小小说的发展提供了适宜的土壤，小小说在自发状态下开始发展，一批专门登载小小说作品的刊物开始出现，其中最有影响力的就是《百花园》和《小小说选刊》。这两个刊物的主编杨晓敏更是小小说的积极倡导者、推动者、实践者、传播者和理论探索者。他撰写的《小小说是平民艺术》，对小小说的文体规范、社会与艺术定位、发展方向等进行了全面阐述，对中国小小说的发展产生了极为重大而深远的影响。在这篇文章里，杨晓敏对小小说做了文体界定："小小说作为一种文体创新，自有其相对规范的字数限定（1500 字左右）、审美态势（质量精度）和结构特征（小说要素）等艺术规律上的界定。"应该说，小小说由此开始逐渐被作为一种独立的不依附于短篇小说而存在的小说样式为大家所接受。在长期的实践中，杨晓敏等人通过刊物、选本不断推出小小说的代表作家、作品，通过理论研究、评论、评奖为小小说发展提供示范和导向，最终使小小说的文体规范得以确立并获得了广泛的社会认同。在社会和文化的意义上，杨晓敏明确提出了"小小说是平民艺术"的观点，这对于小小说文体的走向产生了深刻的影响。应该说，小小说其实在自身的发展中是存在着向精致化、精英化方向发展的可能的，但这样的方向可能使它无法作为一种独立的文学样式为大众所接受，从而出现今天的繁荣局面。小小说平民艺术观的提出，使之在叙事方式、审美趣味上都体现出民间化的特征，我们前面所说的小小说对中国文学传统的广泛继承也因此有了更大的动因。所以，考察今天小小说文体规范的形成，绝对不能忽视这个因素。

刘勰在《文心雕龙》中提出了文体论的四个要素：原始以表末，释名以章义，选文以定篇，敷理以举统。也就是说，对于一种文体，要搞清其源流变化，对其名称要做出解释，以使人明了该种文体的主要功能，要选出经典的文章来使人对这种文体的规范有具体的把握，同时还要敷陈该文体文章的写作理论以对该文体有宏观的把握。如果能做到这些，从文体论的角度讲，对这种文体的论述就是全面的，反过来说，这种文体自然就是一种成熟而独立的文体。这些年来，我们对小小说的源流，对小小说的名称和内涵，对小小说的写作理论，都有了充分的认识和论述；同时，不断出版的选本也逐步确立了小小说的经典文本。2009 年 5 月，《中国当代小小说大系》出版。该书共 5 卷，收录了自 1978 年至 2008 年 30 年间经典的小小说作品和理论评论文章，其中作品 4 卷、理论评论 1 卷。应该说，作为一个权威的选本，这套书使小小说从文体规范的意义上，再次得到确认。

总而言之，小小说是在传统短篇小说的基础上发展分化而来的，它同时从志怪小说、笔记小说、寓言等中国传统文学样式及民间文化中汲取营养，渐次发展成为一种独立的文体。该文体从传统短篇小说以讲故事为主的基础出发，逐渐放弃了对故事结构完整性和过程细腻性的追求，不断向以精短的篇幅表现事件或人物某个有意味或有趣味的片段、侧面的方向发展，形成了自己的文体特征和内在规定性，成为和长篇、中篇、短篇小说并列的小说样式。

目　录

孙方友:用笔记体书写传奇

小小说发展30年来,人才辈出,精品叠现,为一种新文体的繁荣做出了贡献,也为作者自己赢得了尊严。孙方友算是一个典型的代表,他创作了8卷本《陈州笔记》和6卷本《小镇人物》共计600多篇笔记体小小说,成为中国小小说发展史上一道充满传奇色彩的风景。

每一方钟灵毓秀的水土,均会孕育出不同凡响的人物。古时的陈州府,即今天的周口市淮阳区,历来人杰地灵,这里除了有古迹太昊陵、平粮台和曹植墓等,更因为是戏剧《下陈州》《陈州放粮》的发生地而蜚声海内外。孙方友是极典型的农家子弟,文凭不过初中,凭此起点,写小说自然非易事,但他在四处流浪中,靠一支笔闻鸡起舞,通过在社会底层多年的人生历练,28岁时因发表小说而跳出农门,然后做了乡文化站站长、县文联秘书、省级期刊编辑,一直到后来的河南文学院专业作家。跳跃式的传奇人生背后，个中甘苦唯孙方友自知。

从1978年开始至今，孙方友在长篇小说、中短篇小说、小小说和电视剧等方面，共计创作600多万字，卷帙浩繁，规模宏大。论及他的最高创作成就，其笔记体小小说是一座艺术高峰，他被誉为“笔记体小小说之王”：8卷本《陈州笔记》和6卷本《小镇人物》，让当年一代清官包拯赈灾放粮之地，在近千年后以一种文化形态重放异彩。

《陈州笔记》偏于叙事，写作背景从清朝末年到民国初年；《小镇人物》重在写人，时间跨度从新中国诞生至今。著名评论家孙荪先生曾经评价道，前者可称乡村社会的“百科全书”，后者则是底层社会的“百姓列传”。根植于多年来对小小说的坚守与参悟，方友精心打造了“陈州笔记”和“小镇人物”两个浩大的系列。孙方友不仅亮出了他最为独特的艺术名片——“笔记体小小说”，还用这一文体删繁就简的形式和见微知著的技法，构筑了陈州大地的百年历史。毫无疑问，孙氏笔记体小小说，已成为陈州古地乃至中原的一个文化符号。

所谓笔记体小小说，以传奇为主色调，传奇的人，传奇的事，传奇的风物，孙方友的传奇自成一家，亦庄亦谐，厚重深邃。在孙方友笔下，颍河水流过的陈州府(这里的陈州府已成了文化意义上的区域)，弥漫着神秘气息，和传奇色彩。其三教九流、风物人情、历史掌故，纷至沓来，次第涌入笔端。他一直在有意识地打造陈州地域性的文学色彩，把一个又一个活灵活现的艺术典型请进文学艺术的殿堂。地域性文学艺术的开掘，犹如打一口深井，令后来者无法逾越，只好绕井而过。

《蚊刑》是一篇小小说精品，也是最能体现孙方友写作特点的一篇作品，给读者带来了奇妙的阅读快感，显示了作者的文字功底和文学素养。1400字不到的篇幅，用了近800字的闲笔来交代陈州的"花脚蚊子"之烈之害，导致火艾供不应求。一方父母官贾知县为搜刮民脂民膏不择手段，将火艾生意垄断，发明了神奇的灭绝人性的蚊刑。被施刑者惨痛无比，难逃一死。这些背景交代读起来如临其境，毫无阻塞干巴之感，收到了阅读奇效。蚊子猖獗——火艾供不应求——贾知县实行垄断，发明蚊刑——被施蚊刑者大多一命呜呼——贾知县被土匪施以蚊刑——安然无恙。这样的故事情节编排，跌宕起伏，枝繁叶茂，既有古典笔记小说的神韵，又有现代小说的艺术成分，令读者感慨万千，思绪绵绵。可以看得出来，《蚊刑》是一篇经过反复打磨、技法娴熟、耗费作者不少心血之作，一些细微处的处理颇具匠心，耐人寻味。譬如故事背景的时间是"不知从何代开始"，譬如"贾知县"的"贾"，譬如给贾知县施刑的是土匪而非民众，譬如看似无意提及的包公等俏皮话，使这篇作品常读常新，多义丛生，即使搁在当下，依然有很强的时代感和认知感。

孙方友除了深得中国传统文化的精髓，还善于吸纳现代小说的诸多因素，比如注重气氛的渲染，注重人物心理的刻画，注重细节的描写。《蚊刑》也有这些特点，里面对蚊刑场景的描写可圈可点，动静结合，虚实相间，形象生动，栩栩如生，增一字则多，减一字则少，小小说写到这等境地，近于天成。四两之所以能拨动千斤，靠的不是孔武有力，而是巧劲。试看《蚊刑》的结尾——

"这就怪他们自己了！蚊刑中有明文规定：天明不死者放生。可他们耐不住，来一批蚊子刚喝饱，他们便摇头晃身，把它们赶跑了，于是又来了一批！一夜之间，赶跑一批又来一批，赶跑一批又来一批……如此循环，那血哪有不被喝干之理呢？"寥寥数语，似裂帛之音，揭示了人性深处的劣根性。虽然略显牵强，却在审丑中得出了一个荒诞不经的生活悖论。

《雅盗》或许是作者写得最有文化味儿的一篇。主人公赵仲曾中过秀才，后不得已沦为盗贼。因粗通琴棋书画，便自诩"盗亦有道"。"赵仲说，这叫落道不落价，也叫雅癖。古人云：有穿窬之盗，有豪侠之盗，有斩关劈门贪婪无厌冒死不顾之盗；从未有从容坐论，杯酒欢笑，如名士之盗者。——赵某就是要当个例外！"他在行窃之余欣赏一幅名画时，被画中人的"落魄"景况所感动，竟感慨起自己的身世。在险境中以聪明才智脱身后竟金盆洗手，以自我救赎的方式开始一种新的人生。生活自食其力之余，常在夜晚读《灞桥风雪图》而“泪流满面”。一个通俗的故事由于被赋予了文化背景，便显出清濯之意。

孙方友的小小说善于出奇制胜，而“奇”的背后，则是人生正道，天理良心。他的传奇，扎根于传统文化土壤，而又不囿于传统文化的束缚，能够以现代意识对传统文化进行理性的反思。《女票》《女匪》等一系列作品，都能以时代精神为参照，以纵向的思考途径，以历史发展的目光，发掘出合乎时代的人格价值。在创作技法上，孙方友的传奇吸收了古典笔记小说的神韵，叙述从容，描写简洁。情节一波三折，尺幅之内高潮迭起，给人以较强的阅读快感。孙方友的传奇小小说讲究情节的延伸和突转，着力于一个“奇”字，常常给人以兴奋和惊喜，这就使得他的大部分小小说兼具了雅和俗的特质。《泥兴荷花壶》同样精彩，写挑壶是行家里手，赏壶是专业术语，击壶却是生活境界支配行动，一气呵成，语言，神态，动作，各臻其妙。

关于写好小小说，孙方友曾说要有“翻三番”的能耐。这种能连续把读者带入阅读奇效的手法，在他的小小说里比比皆是。比如《神偷》里改邪归正的贼王最后交出来的“一筐手指头”，《女匪》里主人公“土匪立场”“女性立场”“人性立场”的一层层开掘推进，都成为孙氏写作制胜的法宝。

笔记体是中华传统文化的精粹，是我们真正意义上的文化遗产。从《诗经》《楚辞》以后，叙事文学发轫并开始兴盛，也可以说从《搜神记》、《世说新语》、唐宋笔记、《阅微草堂笔记》、《聊斋志异》等，一路走来，有文言文和白话文两大写法。其实《三国演义》和《西游记》，也可以看作豪华版的笔记体。所以，笔记体作为一个文学传统或者流派，是源远流长的。孙方友的《陈州笔记》，洋洋洒洒数百篇，数质兼具，一时蔚为大观，本身就是对这种文学传统的极好的继承与发展。

有人说孙方友是被评论界低估的作家。其实对作家与作品，历来就有两个互补的或弥合的评价体系共同存在着：一是我们常说的体制内，或曰主流；二是民间，或曰文化读写市场。事实上当下的一些文学评判机制在指导或引领文化读写市场方面是乏力的。而孙方友在老百姓中影响很大，有庞大的读者群，社会各界读者一直对方友的作品情有独钟，对他有着追星一样的热情。从这个意义上讲，也可以说作家孙方友并没有被低估、被冷落和被边缘化。

小小说作为一个近 30 多年来兴盛繁荣的时代文体，有庞大的写作者和两代以上的热心读者，有上百篇的名篇选入大中专院校以及中小学教材。这个文体既是对传统文学的一脉相承，又有独特的文体特征。小小说与小小说作家，在中国乃至更大范围内，正在成为具有时代创新性的字眼。一个文体，当然会产生它的代表性作家和经典作品，从这个意义上讲，孙方友就是小小说这种新兴文体的重要代表性作家之一。因为方友的小小说创作是从 20 世纪 80 年代开始的。他曾被《小小说选刊》转载过近百篇小小说作品，荣获六次《小小说选刊》优秀作品奖和小小说金麻雀奖。再就是他有大量的小小说精品佳作，《蚊刑》《雅盗》《女匪》《神偷》《狱卒》《泥兴荷花壶》等。作为一种系列创作，可以成就一个作家自身创作的厚度；作为单篇看，这种经典篇什又支撑了一个文体的高度。

倘若把孙方友视为一个小小说文体的实践者、开拓者和奠基人，或许更能在一种宏大视野中凸现他的不可取代性，也会为我们研究和拓展当代文学创作，促进当代文学的发展与繁荣，营造当代文学乃至文化意义上的生态环境，提供某种建设性的参照。

因为塑造了不同时代、不同性格命运的数百个传奇人物，孙方友成为当代小小说领域的重要代表性作家之一，他本身也书写了自己的人生传奇。

王奎山：一路吟唱的乡村牧歌

王奎山先后出版小小说作品集《加尔各达草帽》《王奎山小小说》《别情》《乡村传奇》等。2003 年，获得首届“小小说金麻雀奖”。2011 年，荣获小小说创作终身成就奖。

在小小说创作领域，王奎山的写作态度严谨，近乎苛刻。他清醒地认为：在今天，资讯的发达已经成为一种灾难。当代人是有史以来最可怜的人。他们每时每刻都被文字垃圾所包围，以致连呼吸都不能顺畅。高雅的精神产品，从来都是人类精神的氧气。也许我们个人能力有限，无法经常提供对人们的精神健康有益的氧气，但是，让我们相约：我们会坚守一个文人起码的道德底线，我们拒绝制造文字垃圾。

哪怕在热闹非凡的小小说笔会期间，王奎山也不爱说话，总喜欢听别人高谈阔论，极专注地消化你的见解。尤其是室内聊天时，他会倚在沙发上，长时间盯着天花板，任手指夹着的烟卷燃烧。听着听着，会从狭窄的眼缝里，瞥过一道光亮来，似乎在问：你说的都是真话吗？一瞬间，会让你的某种骄矜和浅薄消失得无影无踪，他变得认真起来。

王奎山"文革"前大学毕业，教过书，当过县文联干部，长期生活在基层。这一代知识分子的命运，注定是一路风雨兼程的。厚实的生活基础加上娴熟的艺术技巧，使王奎山每每出手不凡。他的小小说不取材于理，而取材于情。比如《红绣鞋》里，麦苗用一双红绣鞋证明自己坚定、执着和无私的爱。表面上是爱情故事，深层里其实是震撼灵魂的道德力量和中华民族的人格力量。儿子在部队牺牲了，媳妇麦苗改嫁之际，对婆婆七婶依恋不舍。"掀开门帘，七婶一下子愣在了那里。桌子上，贵的遗像前面，是一片耀眼的红。那是一双新鞋。一双红绣鞋。"此时无声胜有声，道是无情情更浓，这种含蓄留白、欲言又止的艺术手法，是王奎山创作的制胜法宝之一。《扶贫经历》《割韭菜》《在亲爱的人与一头猪之间》等佳作无不被广大读者耳熟能详。

2003年，王奎山荣获首届"小小说金麻雀奖"，评审意见是：王奎山的小小说写得情真意切。多年来，王奎山静静地观察着与他血肉相连的当代农民心灵变化的轨迹以及生存方式的巨大变革，又时时深情回眸远逝的少年时代和田园生活。他的小小说深深地植根于中原的厚土。王奎山的小小说往往具有短篇小说的容量与结构。他的创作不取材于理，而取材于情。比如《红绣鞋》，这是一首感人肺腑的爱情绝唱，更是一曲荡气回肠的人性美的赞歌，麦苗不啻是民间英雄，她用一双红绣鞋证明着自己爱的坚定、执着和无私。再比如《一缕轻烟》《母亲》等篇什，都能在看似平淡的人间烟火中，透露出作者丰沛的人生积淀，凸显出富有哲理意味的思考。朴素的文字里裹挟着岁月的风霜，让人一咏三叹；散文化白描式的语言显得恬淡优美。作者语言朴实无华，却有撼动人心之效；白描式的语言写出了人世的不尽沧桑。谋篇上讲究自然天成，大巧若拙。整体质量颇为整齐。

王奎山曾在一篇随笔里重申了对于作品质量的看法，他说，写作从来都不是以字数的多少来判断其成就的高下的。被鲁迅称为“史家之绝唱，无韵之《离骚》”的《史记》只有五十多万字，但无人不知，无人不晓。此后的史书越写越长，但读者却越来越少。《全唐诗》只收了王之涣六首诗，但《凉州词》《登鹳雀楼》被人千古传唱。《凉州词》二首之一“黄河远上白云间”被人推为唐代七绝的压卷之作。

王奎山在他的作品中，善于塑造两大类人物形象：一是知识分子，如教师、知青、艺术家等，让主人公们抚摸着历史在他们身上留下的一层层烙印，对现实生活进行深层次的思考，以此来反映知识分子的精神世界，注重表现他们的情操和人格。

二是乡村人物。作者笔下那些普通的男人、女人、老人和孩子，无不对生活充满希冀。他们纯朴憨厚、心地善良的天性，乐观豁达的处世态度，引起作者由衷的喟叹和同情。

生活中的王奎山，甘于淡泊，向往“采菊东篱下，悠然见南山”的古人情趣，任云卷云舒，我自读书写作。但在作品中，无论褒贬人物、针砭时弊或讴歌生活，其笔触不失犀利、透彻和热情，毫无矫揉造作、无病呻吟之态，体现了一个作家强烈的忧患意识，显得颇为老辣。《割韭菜》把村干部利用职权，用蝇头小利来中饱私欲的丑恶嘴脸，把村妇贪慕虚荣的蹩脚表演，刻画得惟妙惟肖，勾勒出一幅活脱脱的乡野风情漫画。《刨树》言近旨远，通过树根树干的无奈纠缠，透视出中国农村亘古封闭的乡间邻里关系，于斤斤计较中显宽容，牵扯出人性的藕断丝连般的黑色幽默感。《偶然》的布局绵里藏针，寓意深长，于字里行间不动声色地拷问俗世中的人性。面对生活，一个人应持怎样的生活态度，如何履行自己的职责，敬业爱岗和敷衍塞责之间，究竟有多大的差距。一个字的简单纠错，何以如此烦冗，甚至需付出昂贵的生命代价。我倒认为，不能动辄把所有的恶果，都无端归咎于社会问题、机制问题，而应该在我们自身的素质上，查找一下我们还缺失什么。

《布袋子》的故事很有意思，而作者的叙述语言亦欢快流畅，富有节奏感：一个妇女从电视上看了英国人用布袋子取代塑料袋的做法后很受启发，竟效仿起来。那天早晨，当李姗拿着一百个布袋子在大华市场门口向买菜的人们散发的时候，她的心里甚至隐隐地升起了一种自豪感。一个人，当她的行为在为整个社会道德水平的提升而添砖加瓦的时候，心里涌起这种自豪感是一件自然而然的事。李姗不是一个追名逐利的人，她绝对是一个安分守己、不事张扬的女人。她选择远离自家社区的大华市场门口作为散发布袋子的地点，就充分地说明了这一点。没想到做好事难以被人们认可，还连遭碰壁而束手无策，女主人公黯然神伤之余只好放弃初衷，暗自流泪。我们当然要问这究竟是怎么了，难道人们不知道绿色环保的重要性吗？可很多时候，有关部门宁肯用很长时间花费精力把这样的人和事树成典型、模范来宣传，却不去制定一些条例、条令让人依律遵循，其结果往往只能事倍功半。

关于《二重奏》，王奎山自己的解读就很有意思：小说主要是呈现，就像把土坷垃捧到读者面前一样，告诉读者生活就是这个样子的。如果硬要说主题，我想告诉大家的是，喜和悲、生和死都是世界的一部分。你喜的时候得允许别人悲，你悲的时候得允许别人喜，这才是一个和谐的社会。这篇小说是有现实生活的依据的。我父亲去世的那天晚上，亲人们都在屋子里哭，我一个人跑到院子里一边流泪一边吸烟。正好那天晚上镇上演电影，村子里的人从外边的大路上过，一边走一边大声地唱歌。

进入新世纪之后，王奎山由早期的对知识分子和底层小人物的写作，逐渐转入对社会问题、人类自身问题的思考，尤显贴近生活。谈到我们拿不到诺贝尔文学奖时，有人戏言，国外许多“贵族作家”是通过写作把自己变成了平民，而中国的许多平民作家，则是通过写作，试图把自己变成“贵族”。起码这话放在奎山身上，不太合适。王奎山曾说：“书是有生命的。书的生命就存在于被人阅读中。”他一直保持着“为弱势群体”写作的人文情怀。

王奎山是中国当代小小说文体的重要实践者之一，在小小说的文体审美上，追求作品的精神含量和智慧含量，形成了大气中有深情、简洁中寓厚重的文风和语言，朴素自然，简约从容。这种独特的风格和能力在当代小小说作家中颇为少见，有人盛赞王奎山的小说叙述可以成为一种白话文的美学语言。从 20 世纪 80 年代开始，以王奎山等为代表的“小小说专业户”们，为小小说这种新文体的成长，立下了汗马功劳。可以说，他们是小小说的脊梁，是后来者的楷模，是一个个闪烁在夜空的文曲星，是小小说长河里手持红旗的弄潮儿。以他们为代表的小小说中坚力量，埋头耕耘，淡泊名利，萦绕心头的，永远都是浓郁的小小说情结。

王奎山说：“古人提到写作的时候，常常把道德置于文章的前面，称之为道德文章。可见，在中国的传统观念中，看待一个写作者，首先看的就是他的道德。在这里，道德是一个内涵十分丰富的概念，它包括一个写作者的思想水平、价值观念、认知能力、道德水准以及资质、禀赋、胸襟、气质、情操、修养等。而文章，不过是上述诸多潜质的自然流露和外化。如果用这样的标准来衡量，我的浅陋显而易见，我的惶恐也就不足为奇了。”

我与奎山相识20余年，共同参与和见证了当代小小说由萌芽、发轫到枝繁叶茂的成长历程，也结下友谊并成为知己。他在一篇《最是温柔杨晓敏》的文章里写道：“晓敏有一个著名的观点：小说是作家的作品，刊物是主编（编辑团队）的作品。《小小说选刊》曾经选发过许许多多充满时代精神和昂扬斗志的作品。这些作品，作为我们这个时代的主旋律，鼓舞了千千万万人的革命斗志，为团结人民、教育人民、打击邪恶起到了不可估量的积极作用。但是，如果你是一个细心的读者，你就不难发现，在《小小说选刊》上，还经常会读到一些极其温情脉脉的作品。这些作品，以其善良、高贵的品质，温暖着我们被严酷的现实生活浸泡得日益麻木的冷酷的心，使我们体味到了人生的温馨和美好。上述两种反差极大的作品经常出现在同一本刊物上，实际上，是选刊主编杨晓敏既强悍阳刚，又温柔多情的二重人格的集中体现。文如其人，言为心声，诗言志，诚不谬也。”

小小说是一种机智的艺术，信然。但王奎山不属于机智型的作家，乍一看，作品中似乎也少了些“天才”的成分。然而好作品都是浑然天成的，有时需吟诵再三，才能欣赏到它深藏的美，由此而论，谁说大巧若拙不是一种高境界呢？

刘建超：锻造文字的筋骨

一位小小说作家，写出一篇好作品不难，难的是摇曳生花妙笔，在各个时期都留下“雪泥鸿爪”。刘建超数度获奖，一路走来，把自己的写作步伐，迈得坚实而稳重。除天赋之外，更多的是勤奋。细究起来，刘氏笔下的主人公，大都具有强烈的理想主义色彩，为社会、家庭和责任勇于担当，即使是市井人物，也多是疾恶如仇、侠肝义胆的角色。这种表现人性、尊严、道义的永恒题材，所营造出来的艺术氛围，本身就契合读者的阅读期待。

试看作者的成名作《将军》中“哥”的形象塑造：因当兵政审不合格，进工厂又逢企业被勒令停产，这位心怀憧憬的少年，15 年后没有当上将军，却当上了爸爸。“哥给女儿起了个响亮的名字：上将。”然而造化弄人，命运不相信眼泪。女儿因车祸丧生，妻子坠楼残疾。当厄运接踵而来，饱受磨难的

"哥",对生活愤而不怨,处之泰然,坚持以积极的心态,主宰着自己的人生。精彩的是小说的结尾:

"闲暇时,哥推着嫂子出去'散步',嫂子怀中抱着两样东西:一只折叠的小马扎,一副象棋。哥放稳轮椅,打开马扎,铺开棋盘,接受男女老少的挑战。无论棋艺高低,哥从不敷衍。每次把对手逼入绝境,一声'将'之后,哥便从衣兜里摸出一包烟来,抽出一支叼在嘴上,嫂子会及时划一根火柴,将烟点燃,对哥粲然一笑。哥深吸一口烟,再将烟雾从鼻孔唇缝缓缓吐出,那份踌躇满志的神态,俨然一位将军。

雄心未泯,豪气如昨,真乃三军可夺其帅、匹夫不可夺其志的典型写照。如此沉郁、硬朗的文风,命运多舛而血性内敛的人物,岂不令人荡气回肠?读这样的文字,所受到的心灵熏陶,会让那些空泛抒情的励志格言相形见绌。常有人问我,当代小小说的传世经典篇什有哪些?我想,无论如何,《将军》是应该名列前十的吧。评论家丁临一先生在品读"小小说金麻雀奖"入选作品时,对刘建超的评价是:"是对崇高信念和理想人格的推崇,站在平民立场上,痛切地针对当代社会的某些精神缺失有感而发,代表了中国当代小小说创作的主攻方向之一。无论从朴素的大众审美需求角度,还是从理性的文学价值角度看,这类作品的意义和作用,都是不可低估的。"我深以为然。

当过兵的刘建超，有着浓郁的军人情结，笔下每每流露出对于军营生活的深切眷恋。《老兵》《海边，有一位老人》《被子》《将军树》《将军印》等，这些作品的主人公身上都激荡着凛然的忠勇献身精神。通过感人肺腑的故事、鲜活的细节，剔尽一切矫揉造作之态，彰显着中华民族精英团队的浩然正气。由于长期在金融系统担任基层官员，作者对推诿扯皮的机关作风，对社会各层面相互纠葛的人际关系，有着切肤的体验。《马路同志先进事迹报告会仪式》《实词》《叹词》《我被时髦撞了一下腰》等，能够敏锐地捕捉到生活中的细枝末节，用犀利的笔锋，直逼人性的丑恶，在不动声色中，刺激、呼唤着读者的神经和良知。

然而，性格粗犷奔放的刘建超，笔下也不乏柔情。日常生活中，人们习惯于把那些临危不惧、挺身而出、勇于担当的举动称作"骑士风度"，把温文尔雅、善施援手、尊重妇女、体恤老幼的举动谓之"绅士风度"。许多时候，你不经意的一念间，做与不做，是一种品质，而做起来是否得体，则属于一种养成。或许，我们每个人都在通过平日里的言谈举止和内心反应，把自己镌刻在流逝的时光里，留做生命的存照，成为别人俯拾的碎片和某种传说。

一篇《遭遇男子汉》，写城市年轻女子与山里青壮汉子的无端邂逅，文字传神，铺排得缠绵悱恻，尤显儿女情长。通过男主人公原始野性的自然张扬，让长期在生理上有压抑感的现代少妇，无时无刻不感到情绪上的难以名状。其细节刻画和心理描写准确到位，人物烘托得惟妙惟肖，呼之欲出，通篇弥漫着一股淡淡的侠骨香。该篇在网上网下引起一片热评，为刘建超带来了绝佳人气。作品《朋友，你在哪里》同样赢得评论家们的一致青睐。汪政先生的评语是：一波三折的巧妙构思，生动细腻地表现出人物的心理变化，深刻反映出现代社会人与人之间的微妙关系，也表达了作者呼唤诚信与人间真情的美好意愿。

"老街系列"描绘了特定环境里的市井人物风情。在这条从历史深处缓缓走来的街肆，青石板铺就的地面泛着青光，斑驳的钟楼横亘街头。街两边是特色小吃店、古玩店、字画室等，游人如织，现代和古老和谐互动，鲜活而安详。"老街系列"是为这一文化或非物质文化遗产打上的一记烙印，吟唱的一曲挽歌。

《老街汤王》是其中的一篇。主人公马善明创下名吃羊汤"马一鲜"，独家配料，讲究炖功，出锅的羊汤浓郁鲜香，不带膻味，色白如玉，稠似乳汁，站在钟鼓楼上能闻到羊汤的鲜香。日光流年，主人公年迈，三个儿子即将成家立业。如何保住招牌，使"老字号"得以传承，马善明煞费苦心。一番精心考验之后，马善明脸上露出了几丝凄惨，半碗汤根儿终于倒给了老大。几年后，那场考验的答案揭晓了。老二老三的生意，因经营理念错误，早已店在人空，风光不再。老大诚信为本，童叟无欺，店里依然食客盈门，羊汤的香味儿照例在老街飘荡。结尾处，当年马善明在城楼上摇蒲扇静观的特写镜头，这回换成了老大的身影。两次细节描写，丰富了故事内容，推动了情节的发展。

很多时候，我们最爱讲的是创新和扬弃，当然这没什么不好，不过，有时也应该强调固守二字。老街汤王重新匀给两兄弟的，除了那积淀罐底的浓郁汤汁，更有对诚信品质和经营理念的文化传承。用集束式作品来多侧面、立体化串缀、演绎生活，有效地为小小说增容，不失为一种明智选择。

《山村人物三题》给人一种叙述上的新鲜感。这种“新鲜感”含了两层意思：一是迥异于同期更多的城市题材的篇什，它用山野清风一下吹走了我们对城市的审美疲劳。钢筋水泥弥散出来的气息淹没了我们，我们迫切需要那穿过森林、穿过大地的骀荡山风的拯救，这时候，我们会感觉到自己对乡野风情的迷恋与向往。二是这三篇作品有别于作者之前的大部分作品。建超的小小说，大多写得文风硬朗和个性张扬，也比较注意诸如伏笔、照应、留白等小小说的写作技巧。这三篇抛弃了这些很具象的写法，用质朴的素材让人心动而沉醉，用白描使语言趋于流畅，用纯客观的叙述与描写让读者咀嚼与体味，而作者的主观意向在这些篇什中被深深地藏了起来，达到了一个较高的境界。另外一点也需要我们注意，就是这些作品的指向。因为作者不动声色的描述基本上是很生活化的，作者并不表达自己的主观好恶，你甚至不知道作者要“表达什么”，因而这些作品便滋生出趣味性。

刘建超的《滑一刀》值得一读。当生活的谎言都能成为“真实”时，该有多么的可怕。迷信鬼神也就算了，可对身边的所谓“权威”无条件地顶礼膜拜，该不是我们的脑袋进水了？刘建超的《朋友，你在哪儿》荣登中国小说学会2005年度小说排行榜，后来他又写出《谁让我们是朋友啊》，成为前者的续篇，叙说着朋友不可靠不行、朋友太实在也不行的人生阅历。凡事不宜走极端，要明白过犹不及。《神话》有异曲同工之妙，让身残志坚的主人公，放飞憧憬的翅膀，成为自己生活的主宰。唯有理想，才能使人生有滋有味。这种写作上的“虚构能力”是一种能耐，可以把一个平淡的故事，通过剪裁、嫁接和重新组装后，变出新意来。《谁说了算》依然以塑造个性人物为主。有人群的地方就会产生话语权，谁能在关键时刻挺身而出，勇于保护众人的利益，谁就有威望，谁就说了算。

开掘深层次的生活内涵，聚焦特定环境中的人物个性，凸现其人格魅力，是刘建超作品的一大亮点。小小说在有限的篇幅里，极难写得大气磅礴，头角峥嵘。尤其塑造时代人物，不易把握的，其实也是一个“度”字。稍一过，便概念化了。然而支撑小小说文体，却非得有此文字筋骨才行。如果小小说只能写生活浪花、人物素描和幽默讽刺之类的小品，无形中就缺乏了文学作品应有的厚重感和使命感，那么，小小说文体和专事小小说写作的作家们，还能从真正意义上“立”起来吗？刘建超的小小说创作秉承现实主义的传统写作方式，在直面人生的同时，有着苦心孤诣的艺术追求。在成千上万的小小说作品中，精心构建出属于自己的文学世界。其作品构思缜密，多有神来之笔，体现着难能可贵的开拓精神。

张晓林：写出传统文化味儿来

河南是当代小小说创作的集散地。有矢志不移的倡导者，有坚守阵地的报刊，有老中青三代成就斐然的小小说作家、评论家。河南杜甫文学奖设立小小说门类，体现了省文学界对这一新兴文体的重视，是对河南从事小小说创作的作家们的认同与鼓励。河南的小小说创作队伍与作品质量，在全国也是位居前列的。张晓林的作品获第二届河南杜甫文学奖，也是应有之义。

笔记体小说是我国文学的主要源头之一，《聊斋志异》当属集大成者。当代文学的笔记体小小说，同样是姹紫嫣红的百花文苑里的一朵芬芳奇葩。优秀的笔记体小小说，语言讲究简洁明快，人物形象鲜明，故事情节跌宕起伏，十分注重大众阅读的审美趣味。凡此佳作，犹如墙角蜡梅绽放，溢香弥远；又如夜阑流星倏忽，灼人眼目。

近几年，我常读到张晓林的笔记体小小说，一组组冠名《宋朝故事》的作品，出现在一些报刊上，读后，让人有耳目一新的感觉。张晓林有个创作计划，就是用笔记体小小说写10卷本《宋朝故事》。张晓林以笔记体小小说写宋代历史，尊重历史事实，他笔下的人物、事件、时间在历史典籍里都有确凿记载，都有籍可查、可考，不虚构、不戏说、不演义，只在人性的空间进行挖掘。他认为，几千年的中国历史，尽管朝代不同，人事变化，沧海桑田，但古今人性都是不变的，或者说是相同和相近的。这恰恰是作家驰骋的广袤空间，作家能在这个空间走多远，决定了他创作上的成就。我们也的确注意到，中国的史籍，对历史上的事件、人物的记载不能说不清楚、不明白，但无一例外地忽视了对历史人物人性上的关注与开掘，历史学家把这一任务交给了作家。这是作家的幸运，也是对作家的挑战，因为我们已经看到，很多的历史小说要么拘谨于历史，要么完全抛开历史，任意戏说，这都背离了历史小说的真谛。张晓林的《宋朝故事》有意避免了上述两种情况，他用笔记体小说的写作方法，捕捉历史的某一个点或一个横面，紧抓住人性这一关纽，往深里写，往细处写，往小里写，还原历史的生活性和生动性。因此，他的创作选材严谨，写法上不落俗套。

我读过《宋朝故事》之《宋真宗的朝野》中的部分篇章，无论帝王将相、名人雅士、趣闻逸事、掌故传说，他都是放在人性的背景下，经过现代意识思考后，进行解构或组合，重新放逐于自己的笔底，形成了自己独特的写作特色与创作体系。《谗言》写正邪之间在不同历史关头的较量所产生的迥异结果，令人瞠目，为当政者扼腕一叹。作者不动声色地隐藏起来，只让事实说话以表达爱憎。《射箭》在家事国事天下事的大背景下，让父子伦常与个人兴趣发生的矛盾，上升到孝道与忠义的高度。该篇人物众多，故事曲折，兼之内涵深厚、容量奇大，稍一展开便能成为一个中篇。由于作者剪裁得体，布局合理，作为一篇小小说，精致可读。在《宋朝故事》之《书法菩提》中，作者亦紧紧遵循了这一创作原则。如《拜石》、《洁癖》和《道林诗帖》等篇什，是以北宋大书法家米芾为原型对号入座的创作。米芾一生仕途坎坷而性格乖张，其人其事在民间颇多流传。这种野史更加逼近人物的真相，张晓林的作品起到了"窥一斑而知全豹，以一目尽传精神"的效果。

《宋朝故事》一个人物一个故事，每一个人物在不同的故事里面，有着藕断丝连的关联，在这个故事里面是主角，在下一个故事里面则是配角。这些历史中曾经显达一时的达官贵人，以及貌似庸常的平民百姓，在张晓林笔下既有历史的真实，又渗透着某些微妙的感觉或者某种神秘色彩，从一些一鳞片爪里面，甚至传说里面，展示这些人物真正的生存状态。另一个系列叫《书法菩提》。我们知道宋代书法四大家有苏轼、蔡襄、米芾、黄庭坚，这些人本身就有历史地位，在文学上也有极高的造诣，《书法菩提》通过他们书法之间的脉络，从这一个渠道来探索人物命运和历史的变迁。

张晓林认为笔记体小说要讲究"文味儿""文气儿"，说白了，就是文化味儿。笔记小说应是来源于中国古代的笔记。笔记是一种中国最本土的文体，也是中国最古老与最传统的文体，时间上的久远，势必为这一文体注入了本民族精神与文化的元素，而从事这一文体写作的，历代多为文人雅士，如宋代的欧阳修、苏轼、陆游等，都有大量的笔记著作传世。因此，笔记小说的创作，对作者自身的文化修养要求甚高。张晓林在这一方面有着深厚的文化积累与修养。他首先是一个优秀的书法理论家，他的书法论文曾获全国第八届书学讨论会论文二等奖、第二届青海省文艺评论奖。他的书法师法"二王"和北宋的米芾，写得潇洒而古雅，曾多次参加国内外书法交流活动。张晓林凭着专业的书法修养，以一个作家的角度创作的《书法菩提》，散发着浓郁的文化气息，将书法文化、书法家这一特殊群体的生活习性，借助形象生动的叙述，展现得淋漓尽致，既可以作为历史去阅读，亦可以作为书法文化去阅读，还可以作为小说去阅读。以中国最传统的文体，去表述中国最精粹的书法文化，《书法菩提》做到了最完美的结合。缺味儿则单，缺气儿则僵。张晓林的笔记小说，无论写书法篆刻、绘画诗词，还是写最不起眼的烟壶、养蟋蟀用的泥罐，都要传导出它所蕴藏着的本民族的文化与美学精神。

张晓林的笔记小说发展与创新了传统的笔记小说这一体裁，从他的《宋朝故事》系列笔记小说中可以看出这一点。古代笔记历经魏晋南北朝及宋元，到明清逐渐成熟进而发展为笔记小说，影响较大的如《聊斋志异》和《阅微草堂笔记》，无论哪一部笔记体小说集，篇目上都是独立的，篇与篇之间没有必然的联系，内容和结构上都是互不关联的。《宋朝故事》系列笔记小说中的《书法菩提》或是《宋真宗的朝野》，虽是采取传统笔记小说的写法，但内容上是相互关联的，人物是相互穿插的，人物都是北宋时期的书法家和政治家，也有一些俗世间的奇人，他们之间的关系相互交叉，相互回环，相互重现。舞台是一个大舞台，在北宋书坛这个大舞台上，生、旦、净、末、丑，共同演绎出一出出文化大剧。有些期刊发表他的小说时，单篇时是小小说，三五篇是短篇小说，十余篇就成了中篇小说，再长，就是长篇小说了。《书法菩提》和《宋真宗的朝野》就是由笔记体小说组成的长篇小说。

张晓林读书甚多，最爱看《聊斋志异》、《客窗闲话》、《阅微草堂笔记》及布扎蒂的《现代地狱纪游》、尤瑟纳尔的《东方奇观》、爱·伦坡的《莉姬娅》等。他一直努力把外国现代小说与中国古典笔记小说中的优秀成分，运用到自己的创作中去。

他早期的小小说《木钗》，写一僧人把一对落难母子布施的唯一木钗轻贱弃之，寺院将捐助之资铸一寺钟后，钟声却像丢了魂似的。后僧人幡然悔悟，以虔诚心态弥补过失，钟声嘹亮起来。写善恶美丑并不停留在简单的因果报应上，而是深入到一种大境界中。《红薯泥》以诗性文笔抒写传奇，把民间久已失传的美味写得奇香扑鼻。

《诗棺》中的于之渔是一诗痴，并不被世俗情理所容，每日里在野外“携带诗笺赏梅花”，这很容易让我们想起唐朝的李贺。于之渔临终前，在梅林里挖一墓穴，贴满自己的诗稿后，安然瞑目。奇人奇事奇棺，令人喟叹不已。孑然一身的于之渔以诗为伴，外出总是随身携带一个小布袋（这种做法俨然是向前辈李贺致敬），每觅得新句，都装进这个称为“诗袋”的小布袋里。他在小草屋后种下一片梅树，与诗为伴，与梅为邻，虽家徒四壁，照例醉辞来访的权贵，不容污浊染身。当一个生活中落魄潦倒的诗人面对亡灵，以略显滑稽的“一字一词一拖音”歌完《黄鹤楼送孟浩然之广陵》后，我们从一阵阵抑扬顿挫的悠长声调里，是否会品味出一种悲怆的、洁身自爱的和超然物外的苍凉感呢？于之渔最后以一种极端怪僻的方式进行了“自我祭奠”，用诗墙筑成了自己的墓穴，完成了一生的不掺杂任何俗念的艺术修为，固守了内心深处对于生活的某种信念。

该篇结构精致、文理清晰，一个纯粹而洒脱的诗人形象跃然纸上。

张晓林一头扎在古都名城汴梁的风物之中，对北宋兴衰以及历史人物产生了浓郁兴趣。凡帝王将相、文人墨客、三教九流无不纳入视野。他曾略显自负地说：“我会以最大的努力，让这一段沉寂的历史重新活泛起来。”

司玉笙:思想　人性　激情

司玉笙在新疆长大,当过农场知青、教师,后来当兵,退伍后回到河南商丘老家。大漠风尘,军营历练,都是人生成长的高质营养,他骨子里透出的那种豪气和正义感,自然会从他的作品中反映出来。

1983年的小小说创作领域,司玉笙的《"书法家"》或许可以称得上最具"开拓"意味的作品,作家以146个字,经典地诠释了小小说文体萌芽期的特征。仅一篇作品,让作者一夜成名。诙谐超然的笔调,蕴藏了作家沉重的思想与坚韧的思考。我以为,如果追本溯源,当代小小说创作有三种写法可谓冰峰泉眼,厥功甚伟。许行的《立正》注重故事情节的起承转合,文学性强,是经典的传统小小说写法;白小易的《客厅里的爆炸》举重若轻,言有尽而意悠远,是经典的以柔克刚的思辨哲理型小小说写法;司玉笙的《"书法家"》,雕塑般简洁,立意高远,是经典的一剑封喉的微型小说写法。三种风格，三种流派，均能自成一家，影响深远，构成了最早在文体上跨越小小说局限的范例，后来都被誉为当代小小说三类主要写法的开山之作。如今 30 多年过去了，重温《“书法家”》所携带的忧患意识、现实意义和文本价值，不难发现它在中国当代小小说史上的无可替代的地位。

书法比赛会上，人们围住前来观看的高局长，请他留字。

“写什么呢？”高局长笑眯眯地提起笔，歪着头问。

“写什么都行。写局长最得心应手的好字吧。”

“那我就献丑了。”高局长沉吟片刻，轻抖手腕落下笔去。立刻，两个劲秀的大字从笔端跳到宣纸上：“同意”。

人群里发出啧啧的惊叹声。有人大声嚷道：“请再写几个！”

高局长循声望去，面露难色地说：

“不写了吧——能写好的就数这两个字……”

这篇作品精练至极，一个人物、一个场景、一个细节、一个疑问，在拨乱反正、催动思想解放的年代里，“同意”这两个字的振聋发聩之效在于，它不动声色地揭示了一个巨大的发现。体制弊端，官僚作风，在这不足 200 字的显影之下无处可遁，直至体无完肤。它一经发表很快风靡全国，流传海外。

玉笙的创作讲质量不重数量，《高等教育》通过高考落榜生强成长为职业经理人的过程，提炼出自尊自信的民族精神，从一个侧面折射出在社会转型之际，作家对商品时代价值重构、中西文化融合等重大问题的深层思考。在经济全球化、文化多元化的大背景下，在一些人面临精神危机、价值观迷失之时，及时释放出"商道即人道"的时代思考，表现了一个作家一贯勇于站在时代前沿思索的勇气，并通过主人公的言行，坚定表达了对本民族文化和价值观的强烈自信，读来发人深思，令人感奋。《高等教育》曾荣获两年评选一次的全国小小说优秀作品奖。

在人物塑造上，《高等教育》中的强和强的母亲没有一笔肖像描写，文字叙述如行云流水一般为读者开启了情绪的律动。面对一份心仪的工作，求职者除了依靠文凭、技能，还有素质取胜一说。"强说，我家很穷，父母不识字。可他们对我的教育是从一粒米、一根线开始的。后来我父亲去世，母亲辛辛苦苦地供我上学。她说，俺不指望你高人一等，你能做好你自个儿的事就中……"文贵朴实，最注重真情流露。作者精心塑造的主人公强，是商品时代我们民族自强不息精神的一个代表，而强的母亲虽然没有出场，但无形中已是中华母亲的象征。

在30多年的创作生涯中，玉笙的小小说创作，注重人物精神面貌的描绘，所塑造的人物具有社会责任感和正义感，启发人们对社会现状加以思考。其小小说情节和细节的安排有感情色彩，可以看出构思的匠心。从《高等教育》可以看出传统的现实主义手法仍是他的强项：善于在特定环境（特别是逆境）中突出人物坚韧不拔的个性。创作态度严谨而真挚，从他的代表作可以看出，他热情地赞扬那种无私、忘我、忍辱负重的性格，肯定积极进取的人生观。

玉笙多年来笔耕不辍，作品被选了又选，甚至进入语文课本或被改编为影视小品。黄河曾从豫东商丘缓缓流过，庄子故里，地灵人杰。玉笙的小小说得益于厚重文化的积淀，语言简洁朴素，文字凝练清丽，构思奇妙，汇集起来坚实无比。玉笙无疑是当代小小说领域中的佼佼者。30多年来，他在小小说写作中独出机杼，把作品的深刻立意视为小小说的命根子。在思想境界、生活深度和艺术高度上，形成了自己独特的体系和风格。

从《不倒树》《教鞭》《中国算盘》，到《永远的阳光》《重心》，还有近期的《孙子》《孝心》等，无一不透露出作者的情怀。司玉笙的创作是丰富多彩的，他的创作与时代密不可分，他在小小说创作上的贡献和意义也是多方面的。他倡导小小说的主体意识和精品意识，故有“芝麻虽小，榨香油非它不可”“比作品本身更大的是思想”这样简明精深的论断。他认为在创作中要用自己的眼光观察、发现，用心灵去捕捉生活的瞬间。只有对周围“小人物”的情感、欲望和生活状态深入了解，才能感同身受，写出的作品才会具有很强的时代气息和艺术感染力。

秦德龙:冷幽默式的艺术表现

秦德龙的小小说大部分是正剧,然而在正剧中,蕴含着不少喜剧的元素和色彩。有评论者曾说秦德龙走的是幽默的一路,这话不完全对。秦德龙的幽默是内敛含蓄的,他表现的是生活本身散发出来的幽默或荒诞意味,追求的是现实人生的艺术化表现。

《爬梯子》这个题目本身就具有象征意义。在官场混了一辈子的“他”,陷入“爬梯子”的感觉之中。“在官场上混,谁不想爬到金字塔上去?有梯子要上,没有梯子,创造梯子也要上。他知道,往梯子上挤的人很多,只有把别人挤下去,才有可能让自己爬上去。”为此,他的神经高度紧张,总担心有人暗地里会锯他的梯子。日复一日,他陷入这个怪圈,白天干着爬梯子的事,左踹一脚,左跺一腿,把竞争者挤掉;夜里做着爬梯子的梦,自个儿惊出一身冷汗。“一刀切”的干部政策,忽然间让这个“爬梯子爱好者”软着陆了。这篇小小说最后的描写精彩绝伦，有两个细节堪称神来之笔：“他还吃着一份俸禄呢，衣食无忧。他每天上街闲转，看见一片树叶落了，也会发出一声冷笑。”变态乎？不甘乎？让人觉得不可理喻。更令人瞠目的是，他转到了一家装饰公司的门前，眼前一亮，他看见了一架梯子！他弯下身去，爬开了梯子。几个工人都笑他：“这个人，神经了，梯子在地上躺着呢，爬什么爬？”真是一语惊醒梦中人，结尾处主人公大彻大悟，“他在心里恨恨地骂着：‘妈的，梯子本来就是在地上躺着的，我却爬了几十年！这几十年，我一直在地上爬着！’”这样的细节，这样的语言，平实中见深刻，荒诞中见真实，具有振聋发聩的艺术效果。《爬梯子》的独创性和不可复制性，使它当之无愧地进入当代小小说精品之列。

《正步走》显示了秦德龙对社会底层的“小人物”丰富的同情心和细致入微的观察。这种观察的准确度就体现在抓住了人物的行为特征。一个从服刑的劳改农场逃跑的单身汉，隐姓埋名当上了下窑掏力的矿工。当公安人员循踪找上门时，已经是八年以后的事了。八年，可以埋葬过去的一切，唯一不能改变的，是他在劳改农场穿着囚服练就的“正步走”。这种规范得“已经达到接受检阅的水平”的正步，早已渗透到他的血液里，就如同著名作家许行小小说名篇《立正》中的那个国民党俘虏一听到“蒋介石”三个字就要“立正”一样。这个早已脱胎换骨的逃犯一听到公安人员的口令，就“下意识地挺起了胸脯，将双臂甩得规范而又威武，一双皮鞋也被他踩得咔咔响”。理所当然的，他一甩正步，就无声地宣告了自己的身份，当公安人员喊出他的真名实姓时，他伸出了双手。结局是出人意料的，也许是作者不忍心让笔下的主人公再回去遭受牢狱之苦，给这篇小小说接上了一条光明的尾巴——公安人员没有给他戴手铐，而且当众宣布，他没有罪，之所以来找他，是接他回去平反的。读后令人心情压抑沮丧，对社会无端造成的对人性的摧残和精神的戕害进行了控诉。

小小说的题目是作品的眼睛，《水中望月》就是既点题又让人产生联想的一篇。民工茂恩和弟兄们晚上到公园去看城里人跳舞，作品一开头就点出了月亮：“月亮弯弯地笑着，把爱洒向公园的夜晚。”这样美好的夜晚仿佛只属于城市的红男绿女，没有人去注意这几个“隔岸观舞，向舞场馋馋地发射眼球”的民工。只有具有作家的眼光和情怀的人才能注意到他们。他们看见了刘科长的儿子与一位花枝招展的姑娘蹭着肚皮，看见了城里人尽情地享受生活。他们讨论风生，做出了一个大胆的决定：买票进舞场，像城里人那样潇洒一回。作为读者的我完全理解民工兄弟的念头，他们劳作之余，精神生活贫乏得几近空白。

如果说娱乐是人的天性之一，我们的城市还根本无暇顾及为它做出了巨大奉献的民工们的这个天性，忘掉了他们也是有七情六欲的年轻人，他们也应有共享现代娱乐生活的权利，而不仅仅像工蜂那样终日劳作不息。当这几条汉子决定买票进舞场时，我们应该鼓掌而不是奚落。可是，售票的小姐却比我们冷静得多，她委婉地表示“谢绝入内”，让民工兄弟们无地自容。是啊，你穿着汗臭的衣服、露着脚趾的破胶鞋，进去和谁跳舞？不跳，进去干什么？原来售票小姐也是打工妹，并且是他们老乡，她不忍看着老乡白扔买票钱。夜幕下，民工兄弟们爬上了河边的柳树，看着“舞场里的城市男女们煮饺子一样翻滚不已”。结尾照应开头，弯弯的月亮映照在水面上，这是一个现实版的“水中望月”的故事。

《水中望月》最见秦式思考和才华，这篇小小说以生动的语言和出色的描写，触及了一个重大的社会问题，揭示了农民工和城市人之间的心理鸿沟和不平等。改善农民工的生存质量，不仅仅停留在不拖欠工资上（想起来令人悲哀），而且要体现在人文关怀上，这应该是推进城乡一体化进程、提高社会文明程度的重要一环。在当代小小说创作中，反映此类题材的少之又少，与当下的历史进程不相匹配，期望今后出现更多像《水中望月》这样从精神层面关注农民工群体的作品。

《聚会》是秦德龙小小说创作收获的另一枚硕果。写同学聚会题材的小说、散文出现过不少，而秦德龙的《聚会》独辟蹊径。一位年迈的老教师收到学生聚会的邀请，聚会形式竟然是向当年的老师诵古文——《陋室铭》《鸿门宴》《石钟山记》《琵琶行》……已不再年轻的学生们轮番上台，把这些课文背诵得抑扬顿挫，声情并茂。结尾处，所有的学生都站在老师面前齐声背诵："君子曰：学不可以已。青，取之于蓝，而青于蓝……"此情此景，让作为读者的我们，也陪着老泪纵横的老教师唏嘘不已。这篇小小说被某出版社以"让中学生受益一生"的冠名收入集子再版，并获各种奖项，是有它的道理的。

秦德龙创作风格的多样化引起了小小说业界的广泛关注。著名编辑家郑允钦先生对秦德龙的作品这样评价："他的作品在思想和艺术上大胆探索和创新，对幽默、幻想、荒诞、夸张的手法时有娴熟而巧妙的运用，且文笔老辣机智，显得别具一格，给人以全新的感受。"秦德龙创作的"异乡人打工系列""异乡人的孩子系列""协管员吴小手系列"以及许多荒诞幽默的小小说，折射出作者的多维思考和精神向度，丰富了读者的阅读视野，反映了时代的精神趣味。

探索性应是衡量一个作家活力的标志之一，秦德龙多年来一如既往地关注着"正在发生"的现实社会人生，并不断地有所发现和思考。读秦德龙的小小说常常有一种新颖感，对于社会上的新鲜事物和热点问题，别人还没有来得及反应的时候，他的作品已发表了。如《盲道》中的城市交通问题、《懒人谷》中富人阶层的时尚休闲、《第100个》中关于生与死的现代深层思考，等等。需要指明的是，秦德龙关注社会问题是从人物出发的，他把“写人”作为文学创作的本源，重新思考人生的价值和意义。

范子平:努力开掘人性的深度

范子平的小小说创作起步于 20 世纪 80 年代后期,自创作之初,其作品就开始被转载和被高中语文教科书以及高考模拟试卷采用,后来有相当多的小小说被各种选刊选集转载,产生了广泛的社会影响。2015 年初冬,省、市作协联合举办了范子平小小说研讨会。

范子平注重情节的深刻蕴涵,擅长把对生活哲理的深度思考,对人性拷问的探索,对故事表层和深层的文化思索渗入小小说情节之中,呈现出独特的艺术张力。他的教育题材小小说充满了人性温暖,表现出强烈的生命意识和文化意识,尤其是几篇广泛流传的优秀之作,可以说写出了教育的本质和灵魂。

《上大学去》是新时期小小说流传最广的篇目之一。这篇简单的故事有着顺畅的描述和诗一般的语言,面对一群利用宗法意识调皮捣蛋的小学生，年轻的王敬民老师没有恼火和弹压，而是本着对教育对象的尊重和爱，立足于引导将其度向充满希望的“彼岸”。对教育对象充满了爱的激情，自信心十足地营造出自然、和谐、融洽、纯净的师生关系。这篇转载量甚多的教育题材小小说，打破了陈旧的传统教育陋习，呼唤教育对学生个性的尊重，闪耀着人性的光辉。

写好一篇小小说有很多因素，一般来说，要经得起思想内涵、艺术品位和智慧含量的综合考量，但想让人读起来就能粘住眼球，读后津津乐道，除了故事情节跌宕起伏之外，把人物形象塑造成独特的“这一个”，也会成为关键。按照哲学原理，事物有普遍性与特殊性的差异，有共性与个性的不同，文学有“民族的即是世界的”一说。从小说人物角度来讲，能否让笔下的人物标新立异与众不同，从他的言谈举止，他的行为方式上，焕发出鲜活的光彩，的确是衡量作品成败的重要因素。

范子平的《景老师小传》，开篇的素描先声夺人：1975 年的老知青、乡村代课老师、白净文弱一书生，一幅极简素描，勾勒出一位乡村教师肖像，让他栩栩如生地站在读者面前。敬业爱岗，方法灵活，打抱不平，责罚有度。纠错时事不过三，陋室改作业时的不拘细谨与自得其乐，面对蛮横家长时干脆行“江湖路数”，且一一奏效。其行状可睹，其话语可闻，特殊年代的特殊环境，面对特殊人物的有的放矢，人物形象呼之欲出，读罢既让人忍俊不禁，又啧啧称赞。

该文俗言俚语，点缀其中，人物形象摇曳多姿。“歇肚不捻儿！景老师歇肚不捻儿改作文！就两只脚蹬在水盆里泡着。”调皮学生一语道破景老师的“秘密”，可谓画龙点睛之笔，人物顿时活泛起来。生动传神的细节描写也是本文的亮点，与蛮汉家长过招儿的场面，写得动人心魄。特别是结尾，景老师慢慢走到摔跤打赌倒地的蛮汉家长跟前说，孩子脑子好使，就是“家教太差！”老师好好调教，家长好好配合，明年让他考上乡里初中。真乃一箭中的，一语双关，“此中有真义，欲辨已忘言”。

生活是创作的源泉，离开生活的滋养，作家的笔会枯竭干涸，唯有生活之根才能使艺术之树长青。作者曾有十多个年头在高三毕业班的岗位上度过，认为那是心魂萦绕的精神故乡。“虽然一天到晚不过反复丈量从家到校再到教室的三百米路程，但一点也不觉得黯淡与乏味。因为下了课夹着书走在路上，前呼后拥的是一张张鲜花般的脸庞：像红日要跃出东海，像杨柳排排要长大成材，那种青春的蓬勃向上的气息使人陶醉。”

传道授业解惑，中国传统师道是人类文明的一份宝贵遗产。为人师者，身上有正气有能力是其一，也要有正确的方法，有从心底流淌出来的爱意，或正颜厉色或趣味盎然地把文化知识传授给弟子，诲人不倦，学不生厌，以求青出于蓝，才不负站立的三尺讲坛。由《景老师小传》联系到作者的成名作和获奖作品《欧文的试验》《上大学去》等，这些关于教育题材的佳作至今还被人经常提起，多种精华本选了又选，更加印证了创作与生活密不可分这一金科玉律。

范子平的小小说有着悲悯的忧患意识和强烈的批判精神，有他人难以达到的对历史和传统的反思深度，往往在含而不露的叙述中，使读者感受到解剖刀的锋芒。《八叔》充满了一种优美的感伤。八叔正直善良医术高超，是一位立志悬壶济世的乡土医生，但周遭世俗遍布对他的讽刺和挤压，这正是鲁迅多次批判过的"国民性"。八叔对半真情半假意的"我"引为知己关怀备至，是一种对自身尊严被承认的坦诚相待。他半文半白的话语里，透出内心对真情的依恋和愤世嫉俗的挣扎。

《蝈蝈儿张》中的主人公，视乡野促织声为精神支柱，不辞辛苦把欢乐洒向大街小巷。可是随着城市的扩张，蝈蝈儿生存的绿色田野变成通衢大道和坚硬的高楼群，纯朴的汉子只能在睡梦中回味，自个儿发出蝈蝈儿的啼鸣。《青瓷花瓶》表现了骤然而来的财富给人带来的不是惊喜，反而是心性的烦恼和冲突的扩大。这对于商品社会中的人，有着普遍的警示意义。《别墅的力量》中各色人等在豪华别墅前有着不同的归宿，其或彩色或灰色结局的原因是时代的也是自我的。这篇小说以其情节发展的不确定性被广为传播和评价。

范子平还将目光瞄向了这个时代孤独的老人。《想栽一棵树》《都市沙漠》中衣食无忧的主人公，离开农村随孩子进入城市，面对喧嚣的闹市和林立的高楼大厦，顿感失去了自己的精神家园，一种如潮而来的孤独感和漂泊感盘桓在胸，成为此生难以解脱的心痛。这就深刻地表现了一代人在变革时代的不适感和自我搏斗。值得注意的是，范子平并非一味沉溺于对现实世界和人物命运的描绘。他探索真实的人生，关注他们内在的精神世界和审美追求，努力将视线从形而上的认知牵引到当下，引到关注和认识底层小人物的生存处境和精神困境，注目于存在的意义，平民化的叙述视角中潜隐着他理性的思考。

在我看来，人物和场景外在的活灵活现与语言的流畅通顺，固然是作家首要的任务，但一篇小小说如果能在有限的篇幅里成功建立各种人物的联系则更别具一格。《村主任的方木》紧紧抓住“方木”这个线索推进情节，拨动读者情感的琴弦。徐能人、二诸葛、副村主任、会计、治保主任一个个人物次第出场，和黑丑、村主任建立不同的联系，每一个人物出场都加重一次读者的担心和疑虑，一直到最后，黑丑的东屋訇然倒塌，徐能人等先后出场的几个人物和黑丑的关系，和村主任的关系便无比清晰地展现在我们面前，而黑丑和村主任的形象已经跃然纸上。

多年来官场题材的小小说汗牛充栋，但能给人留下深刻印象的还属极少数，范子平的官场小小说就是这极少数之一。范子平的官场小小说并无传统意义上的“揭黑反贪”，而是多用悖谬叙事来塑造基层官场的小人物形象，描述他们尴尬的生存状态。这些小人物虽然身在官场，但与广阔的社会存在着千丝万缕的联系。他们一旦置身官场，便被浮躁与焦虑感裹挟，根本不能左右自己，避免不了随时会有人性扭曲和人格变异。范子平就写这种环境中人的欲求与挣扎。

《提主任外传》对某些整天把尊重知识、尊重人才放在嘴上，却只不过是借以粉饰官本位的虚假面孔，进行了辛辣的嘲弄和无情的揭露。这篇抨击官场陋习的作品写得很节制，表现官场人物言行举止的分寸感强，几个不同地位的人物之间关系的层次感强，因而其氛围可感，人物形象清晰可信。《张山的烦恼》有寓言小说的味道，主人公因为拾到一百元钱而导致丢掉三百元钱，这个叫人哭笑不得的结局，既是某些官场环境对人性的扭曲和异化，也是当下社会某些浮躁心态的官场反映。

在描绘这些官场底层小人物时，范子平既有善意的嘲讽调侃，也有怒其不争的喟然叹息，但作品的基本情感是悲天悯人的，在充满复杂性和挑战性的环境，对官场小人物生存状态的关注与解剖，连带对相关社会现象的观察参悟，使他的小小说有了相当宽泛的深度。加上准确的分寸感和精心铺排的事件叙述，使得一个个官场小人物，其希望与绝望交织的疲惫努力，在逼仄的生活空间里生存形态以及委琐人生，都栩栩如生地展现在读者面前。

一个优秀的作家，总是要不停地对自己的社会良知与艺术创造严加拷问，把艺术笔触伸向人性深处，才能在作品里去维护人的尊严，给人以关爱。范子平努力追求小小说的思想深度和社会价值，既有对民族文化和不良社会现象的剖析批判，又有本着对人的终极关怀而体现出的人文精神，同时不失文学作品的个性魅力。《谁怕谁》是一种小小说中并不多见的故事套故事的结构，人物的正向发展给人一种坚定的信念。《搬家轶事》的主人公对使命的坚守和对官场陋习突围的顽强，展现了以人为本的进取精神，其深厚的人性内涵以恢宏的气势凸现出来，体现了生命的尊严。

非鱼:好作品在于奇思妙想

小小说文体究竟能走多远?或许要取决于两个必要的生存条件:一是小小说能否不断有经典性作品问世,以此来锻造和保证它独具艺术魅力的品质;二是在从者甚众的写作者中,能否不断涌现出优秀的代表性作家,来承担引领队伍成长进步的责任。只有这样,小小说才会像一句广告词所说的那样:心有多大,舞台就有多大。

毫无疑问,作家是作品的首要生产力,当那些像蝌蚪一样的文字在纸上或显示屏上跳动游移时,因为作家的素养和境界不同,所以便组合出了多样的文章质地。立意的深浅,技巧手段的熟拙,品位的高下,透过文字各自呈现出它的本来面目。现在是信息社会,从某种意义上来讲,作品的市场价值基本上反映着它的艺术价值。因为在现代开放型的文化市场里,不仅普通读者的审美鉴赏力有大幅提升,期刊、报纸、出版社等媒介融入了激烈的竞争机制，而且对作品优差的判断和裁决，市场从根本上也无法回避研究机构和专家权威的影响。

2006年，非鱼发表了《荒》。一个人为躲避现代城市环境的喧嚣，无奈去了荒岛。不甘寂寞之余，便叫来一个女人。尔后生子、拓荒、繁荣。最终又在自己千辛万苦营造出来的现代化岛国里，重新陷入种种与文明如影相随的尔虞我诈，钩心斗角，不得已再次逃遁，另觅下一个荒岛。作者以犀利的笔锋，剖开社会生活的截面，以清晰可见的年轮印痕，折射出社会进化史的缩影。

只有美感丛生的语言质地才能表达出复杂含义的好作品，才能准确地凸现作者赋予的寓意，才能让人在阅读中产生深层思考。试想，人类自鸿蒙初开，一路走来，整天把“征服自然，改造自然”的口号，作为自己骄傲的旗帜，而今数千年过去，似乎是愈加趋于高度文明了。可扪心自问，由于携带着人性的丑恶和私欲，我们在栽种绿树鲜花之时，还注入了多少蒺藜的种子使我们自吞苦果？农药使田野的鸟儿濒临绝迹，污染的江河不再清澈，一个巴掌大的山塬桃林，竟能成为方圆百里的风景名胜。在几乎是钢筋水泥构成的环境里，人类还能为孩子们谱写鲜活的童话吗？在急功近利地提升物质生存指标时，如果不铲除贪婪、掠夺和占有的毒瘤，社会生活必然滋生着浮躁、罪恶和恐惧，人类自己的灵魂将在哪一片净土上栖息？只有去绿化和修复健全心灵的工程，天地人才能和谐相处，世界才不至于畸形和扭曲。

《荒》的结构奇崛，题旨宏大，语言叙述张弛有致。作者把政治、社会、人生、环境等重要元素糅合在一起，反诘一个不绝如缕的古老命题。我们从哪里来，又要到哪里去？现代文明中如影相随的腐败、邪恶、贪婪、惰性、狡诈等，何以周而复始滋生不息？人类对自身的戕害，又给自己带来多少惶恐和惊惧？一种精神上的空虚令人几近崩溃，无处可遁。在不到2000字的篇幅里，作者能滴水见太阳，敢于作针尖上的舞蹈，以精微的刺绣，绘出一幅社会进化的标本。这篇作品的发表，给作者带来荣誉的同时，也激发了其更强烈的创作欲望以及写作上的自信。

《王小倩的腰》写得意味深长，女主人公凭借聪明才智，在举手投足间就捍卫了自己的尊严。作者观察生活的能力，塑造人物形象的本领，显得缜密细腻，游刃有余。非鱼有着健全的知识结构和善于形而上思辨的头脑，在选材、立意和语言表达上，都体现出别出心裁的独特个性，尤其在编织故事上，能把形式上的形象思维和内在的逻辑思辨调理得并行不悖，从不局限于女性情感写作的视角。或针砭时弊的《楼前有块地》，或开掘人性的《逃》，或调侃生活的《桃梦》，或关注民生的《缝山针》等，什么都敢写，什么都能写，笔触所及，多成佳品。

此后的时间里，非鱼以充满奇思妙想的写作姿态，连续发表了一系列类似“实验性”的作品。《忧伤远逝》写人的气质风度，叙述中调整人物关系的视角，阐释自尊自信的重要性，语言有轻喜剧风格，沉郁中不乏幽默。文章展示的是一个类似毛毛虫化蝴蝶、丑小鸭变天鹅的故事，行文灵动机智，读后尽扫心中沉郁之气。读书可以改变人的相貌，可以改变人的命运，可以使人增添自信，这世界有数不尽包容我们的理由。亡羊补牢，知耻近乎勇。非鱼的《缝山针》有一定的警示意义。不过，有些人的愿望总是依附在渺茫的理想主义上，一根具有象征意味的冲天雕塑，真的能成为山民的指路标识吗？某些领导的宣言式的决心和表面文章做得太多了，对其诚信度应该大打折扣，促进社会进步，仅靠“青天”意识是不够的。

非鱼是一位写作天赋极高的女作者，所涉及的题材斑驳，常有不俗的作品给人惊喜，把视野关注到普通人的心理刻画上，理解和同情跃然纸上，显示着作者的悲悯情怀。《幸福生活》是一曲底层人物的礼赞，把平民百姓庸常的日常生存状态，刻画得声色毕现，有滋有味。《拯救》置主人公于生死关头，让浑噩的灵魂复苏觉醒，在自我救赎中绽放出高贵的花朵。《如果这样》更像一个哲思小品，颇具哲学意味。一个日渐衰老的人回忆咀嚼往事时，竟发现在自己人生的一连串重要关口，都出现了选择错位。正是因为这些麻木不堪，才使自己一生庸庸碌碌，平淡无奇。这个故事很容易让人联想起那首著名的《明日歌》："明日复明日，明日何其多。"为什么会这样呢？是惰性使然还是与懦弱的个性有关？或许每个人读后都会有一番思忖。

近几年来，非鱼对小小说文体的优势与局限有了清晰的把握，加上文风日趋稳定，看得出来，她在选材上，一方面仍然坚持独立成篇的写作理念，继续在千把字的篇幅里精雕细琢；另一方面开始注重写作根据地的建设，在所选定的某一区域或某一特殊时段，有意识地选择那些可以互补互动的物事，深挖内潜，构成同一大背景下的系列关联，这一对小小说体量的另类扩容，增强了厚重感。于是，"观头村"系列和"河上有风"系列的出现亦属应有之义。

"观头村"应该是作者生于斯长于斯，少小离家如今回望的精神栖息地，有太多的故人（《喜鹊》《大巧巧》《五姑》）、风物（《桐花开》《顶门杠》）等牵挂，一旦打开记忆，他（它）们就会纷至沓来，鲜活如初。这些人那些事，叠加在一起，几十篇写下来，复活了本来是渐行渐远的记忆。关于"河上有风"系列，作者说，市郊的黄河大桥，一头连着城市，一头连着山村，桥下，是变幻的黄河。桥上各种运货车辆来往山西、河南，桥面忙碌异常，总会有驻足桥上的人。这里成为浓缩的社会，城市、乡村中各年龄、各阶层的人物出现，他们去寻找各自的命运。

假如说“观头村”系列是一个“点”的聚焦，那么“河上有风”系列则是“面”的经营，显得视野开放。作者经常徜徉桥边，赏风景也观察人，眼中风物心中诗，考验着作者的即兴、捷才与灵感的生成。每一个出现在桥上的人或者发生的事，都会稍纵即逝，有无可能成为作者笔下的选项，既靠瞬间的招徕眼球，也凭作者的内心触动。譬如刘某甲、韩某乙、齐某丙等等均是有故事的人。

《河上有风之赵某丁》也是其中一个。主人公的角色定位是捕鱼人，因为汛期黄河泄洪期间，浪冲鱼晕，捕鱼人闻讯而来。在落差极大湍流声里，鱼在水中漂，捞者逞勇，观者如堵，岸边夹杂着泥土味、鱼腥味、烟火味的混杂气息涌动，那活色生香的场面，立体而真切，而赵某丁的本色表演最有个性。该文以塑造人物见长，赵某丁的打架、号啕、叫卖、变脸等，在一连串突如其来的状态下，活脱脱地展示了一个底层家庭妇女当下的生存境况。

塑造人物的主要目的，在于探究人物的命运走向，是自怨自艾还是迎难而上，都会在某个节点显露无遗。赵某丁看似刁蛮撒泼，实则是以不屈的生活姿态向命运抗争，嫁人不淑，丈夫吃喝嫖赌，为了孩子，她毫不逃避地担负起做母亲的责任。文中以另一位与赵某丁命运相似的桐花的故事比较，虽一笔带过，如彩云托月，但从侧面烘托了赵某丁面对困顿不苟且、不妥协的“为母则刚”的顽强精神。

非鱼没有文字表达上的障碍，如行云流水的语言，形成了其独特的叙事风格，简洁明快，节奏感强，三言两语，即能言情状物。“男人抓她的头发，她挠他的脸，咬他的胳膊，踢他的下身，朝他脸上吐唾沫，哭，骂，身体的任何一个器官都不闲着。”“她屁股一拧，从地上爬起来，双手拍拍屁股和腿上的土，整了一下衬衣，回到她的鱼盆前，大声吆喝，野生黄河鲤鱼了啊，新鲜的黄河鲤鱼便宜了。”“她手不停，嘴不停，脸上、脖子上的汗和泥巴点子混在一起。你自己挑还是我帮你挑？”

不能忽略的是“我手里多了一条鱼”的结尾，这句貌似漫不经心的话，既是小说故事的结束句，也是写作者在创造了小说人物之后，以实际行动流露出来的同情与怜悯。世间的善良与爱心，都会转换和催生出救赎、自我救赎以及天性觉醒的良性作用。因为非鱼在小小说创作上的努力，作品质量好，数量多，加上多次获奖，产生了广泛的影响，业界有人称过去的两年（2019 年、2020 年）为“非鱼年”，似乎也是实至名归。

红酒:戏里戏外写人生

在庞杂的小小说写作者中,红酒是以“小小说票友”的身份出道的。在舒适优裕的小资生存状态里,闲暇时读一本小小说杂志,迷恋于这种精短文学体裁传导出的一个个“美妙瞬间”,细细品味故事里每一个鲜活人物的命运,的确容易沉浸其中不能自已。

2005 年,在朋友的一再鼓励下,红酒创作出了自己的第一篇小小说《头牌张天辈》,素材选取了自己从小熟悉的“梨园生活”。故事的主人公是舞台上的大腕,唱起戏来字正腔圆,顾盼生辉,惹得大姑娘小媳妇春心荡漾。而生活中的张天辈却不同凡俗,饮食起居、待人接物皆恪守自己独特的行为准则。一篇 2000 字的小小说,作者写活了四个人物:我行我素、敢作敢为的张天辈,痴情相许、夫唱妻随的女戏迷,“责任干预”、怏怏失落的曲艺队长海椒,戏里戏外都轻佻风骚的“小贱妃”，都通过一两个细节恰到好处地展示出来，情节设计得合情合理，铺垫、伏笔和若隐若现的呼应，把人物形象描绘得血肉丰满。

随着现代生活变得丰富多彩和文化消费的日渐深入，用文学的形式对生活审美和对艺术审美不再是少数人的专利，纯粹的文学功能正被溶解到更多的不同阶层的人群中去。和许多业余写作者一样，小小说读得多了，会积累起一种把自己的想法诉诸笔端的欲望。小小说领域是一方舞台，你方唱罢我登场，各领风骚。红酒在 2006 年 4 月，曾带着好奇的心情参加了新锐云集的“龙湖笔会”。与会作家的身影在柳丝桥畔之间徘徊，笔会的影响与意义却愈见深远。此次笔会，标志着小小说领域以老带新、以新促老、着眼未来的作家培养机制已经悄然形成。一股崭新的创作力量渐次浮出水面，开始以集束表演的方式，迅速占据着小小说创作的领地。红酒选择了熟悉的“梨园故事”作为创作的突破口。

梨园人物最具传奇特色，如不能编排好戏里戏外、台上台下的或悲壮、或缠绵、或亦正亦邪的故事，不熟稔演员“唱念做打”的门里功夫，断然刻画不出此等“戏剧人生”。红酒本没有通过当作家成名的想法或以写作来谋生的精神，也无生存上的负担，故能轻装上阵，更没有被太多的写作方面的条条框框束缚，只是在阅读精品佳作时被激发出来一种冲动，催涌出自己内在的文学方面的潜质，反而写起来真切自然，得心应手。那些舞台角色与现实生活中的角色在作者笔下，或统一或错位地陆续粉墨登场了。因这一发端，在此后的几年里，这一方天地让她流连忘返，再也割舍不下。“看到文中的主人翁在我的文字中活泛起来，萦绕心间的思绪才缓缓遣散。当把一种情结转化成文字并刊出后更是有种感觉，那种感觉妙不可言。”她说。

《花戏楼》则写得另有一番人生况味。在琴师丈夫的调教和演唱时天衣无缝的乐器伴奏下，戏剧新秀翠儿渐渐唱成了“角儿”。舞台上的鲜花、掌声使她在生活中误入迷津，在家里开始颐指气使了，和丈夫说话时“性子大了，嗓门高了，时常要起了小脾气”。无奈之中，怅然的琴师丈夫也在舞台上以“曲误”让骄矜中的她花容失色。“翠儿猝不及防，那声音顿时失去依靠，如同大雁孤飞，残梅落月，硬生生岔了音儿。满场皆惊，哗然一片。”这是一篇以戏喻人的故事，其教育意义却远在戏外。在日常生活中，别说是夫妻，即使同事、邻里或路人，实际上无时不处于一种互动和谐、相生相克的生存环境里。翠儿想打破这种平衡，得到一次教训似在情理之中。作者的语言行云流水般流畅，小说故事性强，作者对人情世故能洞察入微，颇有高手风范。

红酒崇尚经典，写作数量很节制，从不草率成篇。《小贱妃》章法严谨，内容厚实，由于熟悉舞台人物的音容笑貌，所以下笔能流光溢彩。“小贱妃”于舞台上不顾“皇姑”身份，边演戏边与舞台下的乡野青壮抛媚眼调情，把自己活脱脱变成了“卖唱女子”，惹得满场哗然。然而舞台上这种取悦现场观众和张扬个性的“贱”，并不等同于俗世生活中的轻浮，“小贱妃”在关键时刻表现出的凛然不可侵犯的姿态，逼得想占便宜的文化局“头儿”倒吸一口凉气。请看结尾：“兰花指戳着那人的额头，一声‘你呀’，娇唇轻启，莺莺燕燕，紧接着亮开嗓子唱道：怨只怨你一念差，乱猜诗谜学偷花。果然是色胆比天大，夤夜深入闺阁家。若打官司当贼拿，板子打，夹棍夹，游街示众还戴枷。姑念无知初犯法，看奴的薄面就饶恕了他。唱的却是花旦红娘的段子，中规中矩，字正腔圆，全没了往日的妖媚惑人。”

小小说写作能使冷清的纯文学与大众保持联系，以极少的篇幅、极短的时间抓住读者。小小说的经典化写作，潜移默化地提升着这种民间文化成果的质地。生活中，女作家红酒见惯了舞台上的帝王将相、才子佳人、是非忠奸、悲欢离合，一旦置换到笔下来进行整合与表现，以期引起读者共鸣，她觉得是一个奇妙的充满诱惑的挑战。

《跑龙套》是红酒写得最为出彩的作品，戏中跑龙套的海椒属于客串角色，而师姐却是“台柱子”。如何使这两个舞台上反差极大的人物在生活中产生爱情，作者在精心构思中设置悬念，采用误会、反衬、英雄救美等细节，层层递进，引人入胜，饶有趣味。尤其是最后洞房花烛夜新人娇柔呼唤时，海椒朝自己大腿上使劲拧了一把，颤声说："师姐，这回我不是跑龙套吧？"此话深得文学艺术创作的个中三昧，可谓神来之笔。寓意、双关语的运用，使主人公的性格顿时丰满起来，题旨意味深长。作品结尾聚焦于人生中的一个"美妙瞬间"，品味梨园里一对鲜活人物的命运履痕，在特定氛围里，无论是舞台上的假戏真做，还是生活中的真实人性，情节设计得都合情合理，把人物形象刻画得血肉丰满。

红酒对自己的写作有着清醒的认识：如今的社会，人们保持一颗纯洁的心有多么不易。太多的诱惑和欲望令人欲罢不能。每个人都有权利选择适合自己的生活方式，我们虽然改变不了现实生活的缺憾，那么是不是可以试图让笔下的人物，在物欲横流的环境下去追求自身的完美，以此寻求心灵上的安宁与平静。写作的过程，也是锤炼心性的过程。沉醉其中，含情脉脉地阅读，含情脉脉地书写，或许在某一天，某篇文章在感动别人的同时，作者也会在那个片刻，涕泪滂沱，不能自已。

江岸：黄泥湾风情录

多年来，江岸一直在经营着他的“黄泥湾风情”小小说系列写作，《亲吻爹娘》《寿材》《旦角》《寿材》《摸秋》《开秧门》等，已经在广大读者里面产生了广泛影响。对于一个有创造力的作家来说，不满足现状，在已有的基地上深耕细作，开疆拓土，是一个必然的自觉选择。因为构建的独具特色的历史背景、自然景观、风土人情、生活习性等逐渐形成后，大的氛围有了，作家只需要把那些林林总总的各色人等请进来，让他们和“黄泥湾”这个地方发生联系，就会成为作家笔下一条汩汩流淌的文学创作之源。

故乡是一个作家创作的原动力和取之不竭的灵感来源，作家们用深情回忆故乡，展开想象力构建属于自己的精神栖息地，作家江岸就在豫南大别山一隅的故乡故土里流连徜徉，描绘出了一幅温暖而忧伤的黄泥湾风情图。同类题材或区域题材的系列写作，越来越为小小说作家们所青睐，取得成功者不乏其人。

江岸的近百篇小小说作品，从生存背景、故事编排所虚构的叫黄泥湾的地方，是作者在长期的生活、观察和思考中，经过滚雪球一样的创作劳动，所立体勾勒出来的日渐丰满的艺术空间。这里有历史变迁的雪泥鸿爪，有奇人奇闻的趣味，有民俗野史的风情，可以设想，若干年后，在这个叫黄泥湾的艺术殿堂里，那些个鲜活的人物，男的女的，不论高矮胖瘦，嬉笑怒骂，皆无拘地生长在形形色色的故事长廊里，该是何等的景象。

《亲吻爹娘》是江岸的小小说代表作，也是为他赢得诸多荣誉的作品。在这篇小小说中，小三子的爹娘总是互相诉说梦里小三子亲了自己，甚至为此编瞎话自欺欺人，而当爹进城真的被小三子亲了，娘哭了，村里人却笑了，他们嘲笑小三子一个大小伙子居然亲自己的爹。当小三子回到黄泥湾，临走的时候，村里人起哄让他再亲亲爹娘，小三子半跪着亲吻自己的娘，原本想看西洋景的乡亲没有一个人笑得出来，甚至还有人抹起了眼泪。

写亲情的小小说数量众多，《亲吻爹娘》之所以能够多次获奖、被转载，就在于角度选择新颖别致，出其不意。在乡村，我们几乎看不到父母与已成年孩子间交流爱意的表达方式，他们的爱隐忍而执着，是沉默的，羞于在语言上表达，更羞于肢体的表达。孩子年幼时，父母与孩子间的亲吻，成为思念的载体，被小三子的爹娘一遍遍回味，他们牵挂在外的孩子，只能用这样近乎原始的方式表达。乡亲们以为这样的场面是个笑话，而真的看到小三子抱着他娘佝偻的腰身的时候，他们心里却漾动着一种迟来的说不清道不明的歉疚与羡慕。

江岸在庞大的小小说作家队伍中，毫无疑问是属于实力派类型，文以载道植于心中。所谓实力派，坚持的是一种现实主义创作文风，在艺术追求上自觉师承传统文化对自己的潜移默化的熏陶影响，言情状物，从不投机取巧。注重对生活的观察、体验，力求使艺术描写在外观上、细节上符合实际生活的形态、面貌和逻辑，注重典型化方法的运用，力求在艺术描写中，通过细节的真实表现生活的本质和规律。

江岸文笔质朴，感情细腻，在开掘生活本质上敢于直面人生，无论褒贬，皆能明晓是非，真诚表达文学立场。以真实的细节描写，用具体的人生图画来反映乡野生活。生活现象是纷纭复杂的，通过典型的方法，对生活素材进行选择、提炼、概括，从而深刻地揭示生活的某些本质特征，从作品的场面和情节中，自然地体现出自己的创作倾向和人生爱憎。

譬如在《寿材》中，江岸一波三折地描写了"奶奶"寿材的变化，寿材的变化体现了黄泥湾人的死亡观，也是中国农村大多数老人的死亡观，到了一定年龄，他们如同"奶奶"一样，看透了生死，对死亡没有恐惧和抵触，相信另一个世界的存在，希望亲眼看到自己到另一个世界的住所、衣着，寿材对他们来说，就尤为重要。为“奶奶”准备好的寿材先后被大儿媳妇、小儿子、大儿子用了，她一次次白发人送黑发人，她的寿材也越来越不成样子，到最后，只有个像火柴盒子似的松木匣子。“奶奶”不让那个匣子放进她屋里，除了她不喜欢这个寿材，应该还有她再也不希望白发人送黑发人。江岸在这里通过主人公几次情绪变化的“抚摸寿材”的细节描写，塑造了一个触手可感的传统老人形象。

在江岸的黄泥湾系列小小说中，温暖是他努力表达的主题，或者写亲情，或者写邻里情，都是温暖而美好，人性的善意在江岸的笔下得到了充分彰显，在当下这个人情寡淡、冷暖自知的复杂环境下，给我们带来的些许暖意自有其积极含义。作品以人物形象的现实性和具体性来感染人，因此能使读者如入其境，如见其人。作者从丰富多彩的现实生活中选取有意义的人物与事件，经过个性化和概括化的艺术加工，创造出了具有典型性的人物。

《摸秋》弥漫着忧伤的情绪，正是这种温暖和忧伤交织的渲染，很好地刻画了人性的复杂。在那个特殊的年代，护秋队长吴孝先对支书交代的任务必须不折不扣完成，他是那个时代的缩影，热情、积极，但同时也失去了作为“人”的一些本性，他不管妻儿老小的饥肠辘辘，甚至自己忍饥挨饿，仍要很认真地护秋，不惜抓住了自己的老婆。但当他把自己的老婆和赃物交给支书时，支书却递给他一个滚烫的红薯，告诉他支书的老婆也去摸秋了。这就是江岸塑造人物的高明之处，他不刻意批判，不谴责，却带着理解后的同情。黄泥湾是江岸虚构的村庄，但这一方水土却寄托了江岸深厚的情感，黄泥湾里的人物都是他的亲人，在描写他们的时候，他的两眼总是饱含脉脉深情。

近期江岸发表的《鸡抱窝》《落水羊》《磨人》等，既是系列写作的延续，又在写作选材上有着新的尝试。比如以前的那些作品，以人物为主，基本上打的是"亲情牌"，底色温暖，主题感人。江岸新写的作品大多以动物为主，以动物世界来观照人类生活，基调诙谐幽默，色彩明朗，趣味性十足，轻阅读的背后，也启人咏叹和思考。寻找新的发现，进行自我突破，也是写作者对自己能力的检验。这种有意识的写作变化，体现出一个有追求的作家的自律精神。

作品语言关乎一篇小小说的成败。《鸡抱窝》在立意、构思、情节等要素上，遵循着艺术规律的界定，而风趣幽默的语言，活灵活现的动态场景，细致的观察力，凸显出深厚的生活底蕴，这才让作品产生了足够的吸引力，加上特殊环境下农妇的诸多心理，洋溢着浓郁的乡野风情。比喻、拟人，俯拾皆是，在作家的笔下，一只只形色各异的母鸡，摇身一变，成了有思想有温度的生命。似乎让读者置身于黄泥湾的鸡鸣犬吠、人声鼎沸的烟火味儿之中。

鸡抱窝其实是家禽的自然天性，属于母鸡的一种繁殖能力，但是对于蛋鸡而言，则代表着减少了鸡蛋的产量，直接影响了经济效益。通常因为利益的驱使，一般会采取人工干预方式终止母鸡抱窝，俗称醒窝。什么叫民生？凡和大众切身利益相关的事儿即是，家国天下是，针头线脑亦是。一窝鸡的归整，同样让一位普通农妇和家庭生存工于计算，煞费苦心。

下蛋多而深受主人喜爱的芦花鸡，最后因和女主人的诉求相左而沦为刀下鬼、腹中食，这背后似乎也隐含着作家一种难以名状的心情。母鸡抱窝与母鸡下蛋一样，原本是天经地义的事，芦花鸡一心想做一回鸡妈妈，在鸡想来何错之有？但在主宰者心里，却只能有一种标准，那就是奖勤罚懒，适者生存。所以结尾时那几滴泪水，到底是真心疼还是鳄鱼泪，就看你站在什么样的立场。

江岸曾在一篇随笔中说："今生今世，能够留下一篇两篇文章，能够留下一部两部书，在百年之后，肉身烟消云散，而署有自己姓名的书籍还在人间留香，我觉得这就是今生活过的最好证明，更是活过的最大价值。"从现在看，江岸的这个愿望可以实现了，文章传世、书籍留香，相信他不仅能做到这些，而且他正在以一个作家的名义，复活着一片永恒的村庄。

赵富海:栩栩如生的人物传奇

古稀之年的作家赵富海之于小小说领域是个异数。三十多年来,赵富海扎根中原,把深情的目光投向中原文化,以史家与学者的严谨治学态度经营着他的文学。《老郑州》《历史走动的声音》《南丁与文学豫军》等,无不凝聚着他对中原民俗文化的探寻及对中原当下文化的思索。

后来他写在《杨晓敏与小小说时代》封底的一段经典概括,令许多人耳熟能详:"小小说是时代文体,与诗、散文、故事、小品乃至'段子'、微信等亲密结缘,它的出现可以涵盖现代社会文字交流的最大可能与限度。《诗经》、楚辞、汉赋、唐诗、宋词、元曲、明清小说、现当代小说,小小说完成了文体'完美收官'的'最后一说'。如将《诗经》视为民族文学的第一次浪潮,小小说以一种平民艺术精神,营造文学绿地,它锲而不舍的文化造山运动,形成了三千年之后的第九次浪潮。"

赵富海既欣喜于中原历史文化的兴盛，又欣慰于中原民俗文化的探寻，注目于中原当下人文文化的流脉。他认为小小说对物象和内心的概括，给人带来精神感悟。小小说，一个个故事，用一生积累一份情感，给人以尊严；小小说，民间立场，与三千年前的《诗经》对接。小小说构架了文学写作新的谱系，小小说塑造了人物的文化属性，小小说已成为民间读写的文学图腾。

研究、撰写小小说读写现象，在赵富海面前打开了另一扇精致的文学之窗，他由对一种文化现象的思索转到对小小说这种文体的迷醉。治学治史之余，他开始写一些小小说。虽是偶尔为之，却颇得小小说创作之要旨，在一贯的硬朗笔墨描绘中，一段段与中原相关的奇人异事纷至沓来。会相牛的民间奇人，铁骨铮铮一身正气的书生，江湖风雨里穿行的江湖浪人……一个个鲜活的人物带着读者重新回到那一段非同寻常的历史。读故事，品人生，看传奇，读历史。赵富海的传奇小小说里，依然能让人听到“历史走动的声音”。

《相牛》以古时九方皋相马为引子说起，既而联想到司马迁《史记·日者列传》所载：“荥阳褚氏以相牛立名。”以历史典故开篇，就为整篇小小说奠定了一种厚重的文化基调。尽管后面的讲述亦真亦假，似历史又似演义，读者在审视褚石这个人物之时，还是会更多地贯以历史的眼光。

“褚石住索河岸边，柴门草屋，却又与邻居鸡犬相闻，人生得矮小、壮硕，两眼如炬，一双大手像蒲扇，有力，说话一句话砸个坑，也就是说他相牛一句断准，人称‘绝句’，再问，他已经逗狗玩去了。人说：相牛牛脾气。”这一段对褚石的介绍，从居住环境到其外貌描写，从言行到脾性，可谓句句简洁，字字有力，多一句不行，少一字不中，短短数行，把“相牛牛脾气”的褚石形神兼具地勾勒出来。

俗话说艺高人胆大。艺高才高之人，往往都有狂狷之气。褚石之狂，自然与他高超的相牛之术分不开。褚石相牛有三绝：一曰腹中辨雄雌；二曰可断耕牛寿命长短；三曰可诊病牛有无牛黄。三绝似台上耍舞杂技，一技更比一技高，把褚石的相牛表演推向高潮。古时九方皋相马，相马术里融入的是相人术。褚石相牛，最高超处也在相人。在描写他相牛的最后一绝时，田二偷了邻居刘大世的病牛来让褚石摸一下是否有牛黄，却被褚石一眼识破。更为高妙之处，是田二匆忙逃走之后，“褚石又摸摸牛肚，又看舌苔，大声说：没牛黄，喂俩月，杀死了，给我留二斤牛前腿窝下肉，牵走吧！”褚石心中清亮，深知隔墙有耳，他料得田二必定贼心不死，一句“没牛黄”可彻底断其贼心，为刘大世家免去再次遭贼之苦。相马相牛，最终是相世相人，是相牛相马者对世道人心的深刻洞悉。

《书生》写的是八国联军入侵，慈禧、光绪出逃期间发生的事，把一段丧权辱国的历史往事用一介书生的壮举来细细钩沉。当权者慈禧与光绪的师傅书生井正阳两相衬托对比，一个视国家民族利益于不顾贪生怕死，一个铁骨铮铮脊梁挺直宁死不屈。尽管那个乱世早已离去，但今天的我们却不能忘记那段历史。乱世有奸佞小人，乱世也有书生井正阳那样的民族脊梁，正是因为有他们这些人的存在，我们中华民族才能克服重重困难走到今天。从主题立意上来讲，这是一篇让人心灵为之震撼的小小说。

赵富海多年来对中原历史文化的研究，除让他得以掌握大量与中原相关的历史典故之外，还赋予他史学家的眼光，用以回望一段段历史。“光绪、慈禧西逃，他对光绪说，死守，守死。皇上之大德，逃之夭夭、夭夭逃之，实乃举国之逃，骂名将留万世。”这样掷地有声、义薄云天的语言，是赵富海先生借书生井正阳之口而讲，读来尤给人一种警醒的力量。

小小说用了大量篇幅，来描写慈禧、光绪出逃路上的种种，开封府“又一春”的宴席，对名菜“套四宝”可谓精雕细描，极尽铺排渲染，一大段文字几乎全是对大厨郭春的厨艺展示。这一段描写似与书生井正阳没有任何关系，却是少不了的“闲笔”。当权者的奢华与腐败正是祸国殃民的根源之所在，也为书生井正阳最后宁死不再回宫的行为做了合理的铺垫。

赵富海遣词造句极为简练传神，行文从容不迫。生死关头，宫中太监步步紧逼，井正阳却镇定应对。简短的对话，力透纸背，太监、家院、书生及书生家人数个人物形象，呼之欲出。结尾一段："那年，井正阳年方二十有六，做师傅高兴时，他将书本合上，与学生光绪称兄道弟，两人以水当酒，手指猜枚，大压小论输赢。这书生！"以昔日融融乐景写眼下哀情，愈发加重书生这一人物形象的悲壮与悲情色彩。文末一句"这书生！"作家的万千感慨尽在其中。文已尽，韵犹存，读来让人荡气回肠。

传奇小说，从时间上讲可古可今，上下五千年多少古今事，皆可入笔；从地域上讲，中外奇闻异趣皆可入文；从内容上来说，王侯将相，贩夫走卒，都可信笔写来。因其创作领域的宽泛，这类小小说深受许多作家青睐。在赵富海笔下，也是这样一个精彩纷呈的世界。

《挂子》中描写的江湖高手"挂子""脸面胡"带读者领略了一段江湖上的快意人生。少林寺还俗和尚"脸面胡"在乱坟岗上找个破草屋安营扎寨开馆授徒，其艺其品其德，寥寥数语，要而不繁，井然有序地一一道来。一副对联描尽其品性，几招几式显其艺高，破屋前满放鸡肉鱼肉的大笸箩则从侧面再次烘托"脸面胡"的人品与艺品。虽是一段短短的描述，却不难从中看出赵富海先生深厚的传统文化素养。几个"脸面胡"与人比武的片断则写得花样翻新，读得人眼花缭乱，让人如同置身刀光剑影的武侠江湖。一段江湖艺人的传奇人生，由旧时到今天，整整五十八年，一段有一段的特色与精彩。在结尾中写“脸面胡”与小小和尚的对话，将“脸面胡”性格中柔软俏皮的一面表现出来：

小小和尚余兴未消，叫：“师爷，师爷——我还在总统脸上亲了一口，他的眼真蓝，像海水一样。”

“那叫吻。”说时，“脸面胡”站起身，抱着小小和尚，在他脸上美美地吻了一下。

这个结尾让“脸面胡”这个人物形象更加饱满，更有立体感。

赵富海寓传奇于历史，写作中爱用短句，文风硬朗，笔墨简洁，又深得传统传奇小小说创作之三昧，这些传奇小小说读来波澜迭起，又内蕴丰厚。现在，赵富海对小小说的创作兴趣正浓，渐入佳境，期待他写出更多精彩佳作。

宋志军:紧扣时代脉搏,体味世态炎凉

宋志军小小说所涉题材有人生况味、世态炎凉、官场一角和寓言故事等,使用的创作技法有先入为主、借题发挥、借古喻今等,回环缠绕的样式也引起了读者的关注。

《玉镯》是一篇讲述婚姻爱情的小小说:男人痴迷玉器,博览群书,因经济能力有限只能做个“虚拟玩家”,而理想和现实的差异便无端体现在了“神仙难识寸玉”的玉器行业中。男人依据自己在书本上学到的知识,自认为买到了一对上好的玉镯,分别送给情人和妻子。情人找人鉴定玉镯为假,自此拂袖而去。妻子明知是假,却因玉镯是男人送的,依然倍加珍爱。男人送玉镯送的是礼物,更是情感,情人接受的是礼物,妻子接受的是情感。礼物可以用价值衡量,而情感却无价可循。一对玉镯,两个女人,相形之下,人品、情感不言自明。作品构思巧妙,巧用玉镯鉴赏甄别情感,故事简洁,语言平实,读来却有一股子洗净铅华的朴素迎面而来，恰如美玉不俗不媚之韵。

我喜欢《少年秋》的叙述姿态。作品的基调沉郁，故事递进从容，主人公的命运在那个令人压抑的“动乱年代”里，所氤氲出来的孤独、无助、无奈的况味，缭绕着令读者置身其中。

少年秋的父亲被打成“右派”回到农村，全家人为此受尽了歧视。父辈的政治待遇影响波及子女。少年秋因为折了几枝树枝，被人恐吓破坏公物，要罚款。他不堪心中恐慌，更怕再次影响到父亲，便逃跑躲藏到野外的一个废弃的红薯窖中，最终因冻饿而死。作品讲述了在特殊年代里，在一个少年身上发生的一件看似微不足道的小事，却酿成了生活悲剧，引起读者深深的思考。难得的是作者的叙述语言，平静而有张力：

秋听着外面的声音，他很想爬出去，告诉人们他在这里，可他的内心更恐惧了，他的行为竟然惊动了那么多人，他觉得天都要塌下来了。

秋把自己的身子更加紧缩在屋子的角落里，脑子里更加一片空白。他本能地希望人们会走进来，发现他的存在，可他终于没有等到有人进来。

外面的吵嚷声远了又近了，近了又远了。

秋睡了，醒了，又睡了。

《老人与狗》又是一个关于老有所依、老有所养的典型故事。老人养育子女是一种责任，也是一种生存意义，那么子女赡养老人何尝不是一种责任和生存意义？可是在这一反哺过程中，又有多少子女能意识到这一点？作品中的老人和老狗相依为伴，不孝儿女却要将老狗卖给屠狗人，老人因为不忍老狗被杀卖肉而毒死老狗先行掩埋。人与狗本来是两种生命，命运却如此相近雷同。寻常的乡野俗事，折射的却是当代浮躁社会中传统文化的缺失。作者貌似温情的笔下，透出一种悲悯和苍凉。

宋志军的官场小小说也别具特色。既不一味猎奇以吸引眼球，也不隔靴搔痒作无病呻吟之态，而善于在立意上针砭时弊，给人以震撼。

《居安图》以名画失窃为由，继而牵出了幕后的一桩交易。法官李坦三年前在接手一起盗窃案时，收受了犯罪嫌疑人委托其同学送来的一幅《居安图》，于是他在办理案件中有意识地为犯罪嫌疑人开脱，结果犯罪嫌疑人被轻判为有期徒刑三年。三年后《居安图》失窃，正是当年的犯罪嫌疑人所为。只不过，犯罪嫌疑人在拿回《居安图》的同时，顺手牵羊还拿走了李坦家中的大量现金，并留言说不怕报警。小偷是惯偷，而法官李坦家中来历不明的贵重物品也只能说明他是一个惯于收受贿赂的贪官。作品巧用《居安图》暗喻，取居安思危之意，重在警示。作者尤其善于用暗喻做文章，人物名字也暗藏意味，作品中人物取名李坦，居安不思危，为官不清正，如何使自己的人生坦然？

《屁事》的讽刺意味贯穿全文，亦庄亦谐，拿捏有度，讽刺力度恰到好处，让人于轻松一笑中又有反思。主人公一心想升官，而官场错综复杂的利益关系让他苦闷不堪。病人手术后放屁是手术成功的重要标志，说明肠道功能开始恢复，主人公手术后一直为放屁困扰，越是想什么越是不来，官员此时才意识到，什么功名利禄都不过是身外之物，亦如一个屁而已。此种"悟道"虽令人忍俊不禁，却也一语道出玄机。而此时，他自从放过一个响屁后，不仅通身舒泰，十分畅快，而且心情也一下子好了起来。他喝着妻子刚买来的一碗稀粥，感觉像在享用一种世间少有的珍稀美味，不知不觉就淡忘了困扰自己这些天的心事。

想想也是，这些以前看来天大的事，其实还没有一个屁重要。

在志军的小小说作品中，《悲哀的驴》是一篇读来让人耳目一新的作品。此篇作品也可以看作一篇对柳宗元经典篇目《黔之驴》的新解。驴肉馆老板刘四用活驴做广告，实则卖驴肉掺马肉、骡子肉。作品让一头驴自己说话，讲述了毛驴被店主拉着招摇过市做广告的不堪，讲述了老板暗中用马肉、骡子肉冒充驴肉的不公。历来文人墨客用"黔驴技穷"来讽刺那些徒有其表、外强中干的人，作者今天反其意而用之，让屈死的毛驴来一番“自白”以揭示真相。此番表白虽有“牵强”之嫌，却也直抒胸臆。作品以驴喻人，辛辣而不失趣味，机敏而诙谐，读来令人哑然失笑，个中滋味，可品咂再三。

志军进入小小说领域的时间并不算长，对小小说创作却颇有心得。他常说，小小说亦能载大道，作家就是要写出紧贴时代、微言大义的作品来。这番话倒也颇得小小说创作的精髓。因为如何把小小说写大，力争以较少的文字，承载丰富的容量，应是每一个小小说作家无法回避的问题。深谙此道，才能随心所欲。

侯发山:平实生活与深度开掘

经过三十多年的创作实践,当代小小说的文体开始趋于完善成熟,优秀作品不断产生,也涌现出了一批艺术风格独特的小小说作家。在这样的情况下,先前那种以一篇红天下的情况已经不复存在,如何让自己的写作有持续高效的状态,不断有好作品出现,会成为每个致力于小小说创作的作家必然要面对的一个问题。生活是文学最好的素材库,小小说作家中不乏生活型写作者。但以日常生活为素材来源的现实主义写作同样易写难工,很多小小说作者只是在生活表象上下功夫,缺乏主题思想的递进式开掘,极易滑入浅层面的"故事化"写作的窠臼。侯发山却能独辟蹊径,从平实的生活中深掘出一口属于自己的文学之井。

侯发山的作品,写作视角倾向于生活真实,文字质朴,情感细腻,笔下的人物形象也都非常朴素,贴近生活本色。作品好读耐读，不粉饰不雕琢，字里行间透着真情，充满自然清新的乡土气息。作者是用心在写自己的生活感受和所见所闻所思，创作姿态尤显真诚。

《心锁》的主人公“锁王”刘师傅开锁技艺高超，心地善良，乐善好施，同时也因为一门绝技在身而被人敬重，日子过得十分滋润。于是不少人动了心思，或用金钱开路，或用美色诱惑，或威逼要挟，以期得到刘师傅的绝技，均被刘师傅窥透心思一一拒绝。刘师傅考虑到自己年迈，因怕手艺失传而招徒，经过层层筛选，初步物色了大张和小李两个年轻人。学习一段时间后，大张和小李配个钥匙修个锁的都不成问题，但还是没有得到刘师傅的真传。大张聪明伶俐，为人热情豪爽；小李木讷老实，心地善良。两个徒弟各有千秋不分伯仲，刘师傅决定对他们两个进行一次测试。大张轻松开锁，小李技逊一筹。大家都以为测试结束，大张胜券在握，却不知刘师傅的测试才刚开始。

刘师傅平静地问大张：“你打开的保险柜里都有什么？”

大张喜形于色，悄声说：“师傅，保险柜里有一沓百元钞票，一枚金戒指，一块手表，一挂项链。”

小李的鼻尖上渗出了汗珠，笨嘴拙舌地说：“师傅，我没看保险柜里都有什么，您只让我打开锁。”

刘师傅当场宣布小李正式成为他的接班人。刘师傅语重心长地说："干我们这一行的，必须做到心中只有锁而没有其他东西，心中还必须有一把不能打开的锁，那就是欲望！"师徒一问一答，即分出胜负。这场测试比的是技艺和德行。锁匠以开锁为业，开遍世间奇锁，但首先要给自己的欲念上把锁。作品构思巧妙，尤其结尾含警醒意味，做人做事，重在品德。像这种既注重生活真实又能赋予作品深层内涵的追求，无疑会给作家的创作注入"脱俗"的品质。

《风景》以修鞋摊为道具，反映当下社会生活中人们的迥异心态，刻画出父子俩身处不同时代却殊途同归的观念。作品巧妙运用对比表现人物心理的落差，给读者留下了诸多思考余地。老人当年没觉得修鞋丢脸是生活所迫，也是对自己命运的认可；而今儿子没觉得修鞋丢脸是思想的成熟，也是对一种职业的理解和尊重。作品通过父子前后态度的对比，通过不动声色的文字叙述，让这种对比与落差潜移默化深入读者思维，主题自然而然升高。知识能改变生活，同时也能改变思想。

以老人从事补鞋这种"低下"职业为耻的孩子，在慢慢成长后，开始接过老人手里的鞋子，承担起生活的担子，并从中找到了自己的人生追求。侯发山并没有对生活做浪漫化的处理，他写出了孩子大学毕业后的迷茫无助，写出了穷途末路之后才突然更加务实的青年一代的精神历练。虽然接过了父辈手中的钉鞋钉，却并没有重复父辈的命运，而是把一种看似简陋的谋生技巧，提升为一个事业追求。一个补鞋摊升级为皮鞋清洁公司，虽然规模尚小，但是发展前景已不可估量。

侯发山后来开始转向系列化写作。从孤立的篇章，转为构建一个自己的文学讲述体系。通过这样的努力，创作出类似“康百万系列”这样的作品，在自己熟悉的生活区域中，进行更丰富的艺术采撷。在同类题材创作中，他既追求形式上的变化，又在主题的深度挖掘上进行着有层次感的不懈努力。侯发山的康百万庄园传奇系列颇值得一读。

小小说文体创作一直面临着一个“雅与俗”的选择，究竟应该走“阳春白雪”式的小众化路线，还是瞄准“下里巴人”式的通俗化市场？显然，囿于字数的限制与贴近生活的文体定位，大众化的雅俗共赏才真正应该是小小说生命的根基，是小小说生命活力的体现。在阅读趣味里体现它的精神内涵与平易近人的体裁优势，才构成了某种意义上的时尚读写。侯发山以巩义历史故事为题材，创作了《康百万的故事》《留余》《贼上贼船》《家训》等作品，均是可圈可点的小小说佳作，人物生动形象，小故事大道理，又因写作过程中以历史作为大背景，更彰显出其厚重的文化底蕴。

这当中，我以为《留余》是写得最好的一篇。

康家的生意规模越来越大，不仅经营行当多，更是利用洛河和黄河便利的航运条件,把生意做到了全国各地。可是康百万发现生意大了,利润却没有上升,经过调查,大家都按照他的意思在循规蹈矩地做事,寻求利润最大化,并没有投机取巧,更没有吃里爬外。原因出在哪里呢?

一日,康百万在黄河边旁观一老汉拿着一个大舀子捞鱼。(大舀子:一种简易的捕鱼工具,好比厨房里的笊篱,只不过大一些而已)于是笑言老汉所用的舀子的洞大,只能捞到大鱼,小鱼捞不到。却不料招来老汉一番说教:如果舀子底部没有窟窿,想"一网打尽",大鱼小鱼都不放过,怕是以后一条鱼也捞不到。

老汉说,有句古话叫作"漏水的勺子才能舀到大鱼"。这是为啥?因为漏水的那些孔,不但没有影响他们捕鱼,反倒如渔网一般,减轻了水的冲击力,捕大鱼如探囊取物。康百万又言,如此这般何时才能将鱼篓装满,老汉却说不稀罕小鱼。如果连小鱼也不放过,天长日久,河里还会有鱼吗?不留鱼,渔民日后咋生活?后世子孙咋生存?赶尽杀绝那是自掘坟墓!言者无意,听者有心,更何况言之有理。康百万顿悟经营之道:留余忌尽,忌盈忌满,福不可享尽,势不可使尽,心机不可用尽,留余不但是昌家之道,也是做人之则。

作者巧用历史故事说理,作者有意,读者有心,世事之理,尽在其中。留耕道人《四留铭》云:"留有余,不尽之巧以还造化；留有余，不尽之禄以还朝廷；留有余，不尽之财以还百姓；留有余，不尽之福以还子孙。”盖造物忌盈，事太尽，未有不贻后悔者。高景逸云：“临事让人一步自有余地，临财放宽一分自有余味。”推之，凡事皆然，于古于今皆通行。

“我们康家兴旺三百多年了，其主要原因就在这里。你想想，如果没有了国家，我们的生意能顺利做下去吗？如果没有了老百姓，我们的生意做给谁去？如果没有其他商号的小船，怎么显得出我们能装20万吨货物的‘太平船’？”

此番感慨与发问，值得我们当代人深思。此类题材的上佳作品还有《贼上贼船》《家训》等。似乎在有意无意之中，侯发山汲取了古代优秀小说“三言二拍”中的某些积极健康的成分，或励志或推崇或警示或针贬，小故事之中蕴含大道理，世态常情中识人谙事。这些悠久又厚重的历史文化为侯发山的小小说创作注入另一股新鲜的血液与活力。

《唐三彩》从展示悲情、表达恩情或者同情心这样一个老套的角度，转到对人精神的激发和鼓励上。在展现这种精神的同时，也促进了情节的转折发展，主题和形式相辅相成。《康乡长的忙》写小人物的烦扰和精神状态，我们看到了一个务实的官员形象，通过自己的努力和计划，实实在在地引导着村民的改变，给他们的精神世界里注入了新的信仰，改变了坐、等、靠、要的陋习，让他们积极主动地去掌握和改变命运。

一个对现实深切关注的写作者，他必然会相信希望的存在，事情总是在不断发展，未来会出现种种可能。

侯发山的作品有一个明显的特点，不只是讲述事情的表面，而是深入到情节深处，去探究背后的精神因子。这种探究有时会引出对于职业道德和人性的拷问，譬如在《警察老谭》中，身为“正义使者”的老谭，在勇斗歹徒获得嘉奖之时，反思的却是因“见义勇为”而牺牲的那个市民的刺痛。也许对方不应该就那么死去；也许英雄的出场，并不像电影里描述的那样耀眼。这些背后的是是非非，都在老谭的自我拷问里，摆到了读者的面前，促使读者去深度思考并进行选择，去权衡背后的社会因素和伦理价值得失。

侯发山的小小说或扎根现实生活，或从历史文化中汲取营养，这些作品在语言上颇为讲究，叙述中虽然没有设置紧张的情节，没有煽情的文字，但通篇弥漫着淡淡的情思，让人读来心生感动，又蕴含着深沉的思想与智慧，读罢细思，回味悠长。

乔叶:探寻人性河床中的宝藏

20世纪90年代,河南年轻女作家乔叶曾在散文界声名鹊起,亮相文坛便技惊四座。她的散文,散文界评论家评价称:“文笔细腻独特,清新隽永,富有哲理和智慧,对生命和人生的意义有着深沉的思辨和探索,多样化的题材统摄在机敏的基调中,蕴藏着准确动人的知识内省。”多年的散文创作之后,大约在新世纪以后,乔叶开始转型小说创作。小小说、短篇、中篇、长篇,在小说这个文体领域里,乔叶如鱼得水,作品屡次登上《人民文学》《中国作家》《小说选刊》等大刊名刊,获得鲁迅文学奖、人民文学奖等奖项,乔叶也被称为河南文坛的“紫色牡丹”。

乔叶的小小说,题材宽泛,有婚恋,有亲情,也有戏说今古的传奇。她写的《新白娘子传奇》等作品,以现代人的视角,对昔日传统故事进行重新诠释与解读,观点新颖而大胆,可谓一种勇敢的新尝试。无论哪一种题材，乔叶写来均能得心应手。

婚恋情感，是文学一大永恒母题，为多少写作者，尤其是女性写作者热衷。两个人恋爱结婚，普天下都习以为常的事情。《两个字的婚恋》却能于平中见奇，瞬间抓住读者的眼球，吸引读者一口气读下去。细读其实不难发现，乔叶的新瓶里装的不过是一壶老酒。婚姻是一座围城，没进去的渴望进去，进去的又渴望出来。婚姻如鞋，只有穿过的人才知道。乔叶的这篇小小说，用了两个字模拟一对红尘男女来践行婚姻里常见的三种模式：相爱过程中彼此保留个性完整，自由爱；相爱中生死相依，完全不要自我；第三种是彼此都不是对方的唯一，每个人一生都有多种选择。无疑，这三种模式没有优劣之分，关键在于婚姻当事人自己的追求与感受。

乔叶的《两个字的婚恋》妙在这种形式的新颖，将寻常的婚恋情感题材以两个字的婚恋变迁来演绎，寓生活哲理于极富情趣与形象的故事中，读来让人有耳目一新之感。

《有一种桥，永走不尽》写了一段年轻人的恋爱故事。心怀美好向往，渴望过一种惬意舒适的日子原本没什么可指责的，但若把婚姻当成一种获取幸福的捷径与跳板，这样的幸福自然不会长久。如这篇小小说的年轻女主人公，从与富家男友相恋之初，就抱着“桥归桥，路归路。桥既然是桥，就总有一天会走过。如果把桥看成是路，那害的才是自己”的想法，在与男友交往的过程中，尽管男友对她百般呵护宠爱，她始终无法付出真情真爱，直到最后两人分手，“桥”的使命算是正式完成。可男友离开之前的一席话却让她莫名地难过：“以后别再借桥用了，要学会自己游泳。”原来，那位一直被她当“桥”来利用的男友什么都知道。那样一份真爱最终败在世俗功利面前。

时代不断向前发展，年轻人的婚恋观也不可避免地受到金钱物欲的冲击，在这个越来越浮躁功利的社会，真挚的爱情愈发变得珍贵稀缺。何为真正的幸福？年轻人又该拥有怎样的婚恋观？这篇小小说，寓批判于不动声色，寓教育于脉脉温情，给人以思索与感悟。

与母爱的细腻温柔相比，父亲的爱一般显得粗犷而深沉，现实中，大多数父亲因不擅表达自己对子女的情感，因而常常与子女产生误会，继而引发父女或父子间的战争。《父亲的请帖》这篇作品写得真实而真诚，读来尤为动人。

女儿因为男友来家时受到父亲的无端冷落而愤然离家，大半年不归家，婚期临近，女儿大笔一挥签好一张结婚请帖，算是与父亲和解。婚期前一天，天降大雪，父亲在那样的大雪天清扫出一条从女儿单位到家的路，也扫出一条通向女儿心扉的路。那条路，被倔强的女儿视为父亲邀请她回家的请帖。这个比喻用得妥帖而巧妙，让人读来心生暖意。

文贵真诚，情感文章更是如此，文字可以不华丽，故事可以不曲折，但一定要注入真情实感才会打动人心。就如这篇小小说的末尾，女儿顺着父亲清扫的路一路走回家，看到父亲的表现是这样的："父亲就站在院子里，他不回头，也不搭腔，只是默默地、默默地掸着冬青树上的积雪。"父女之间的心结解开了，父亲的这种表现既符合父亲这个人物的性格，又透出父亲那份深沉的爱——那一份倔强的温柔。

作为一名女作家，乔叶下笔有着独特的细腻与温柔，作品蕴含着一份关注世间百态的悲悯情怀。对乔叶而言，生活就是一个精彩的万花筒，一花一叶，一草一木，一人一物，皆可入文。在乔叶的笔下，有爱情里的悲欢离合，付出与算计，也有亲情世界的误会与和解。寻常人生，苦辣酸甜，若只浮于表象的描写，而不注重对人性的洞察与挖掘，其文字便失去了文学的应有之义。乔叶显然注意到了这一点，从散文写作的如鱼得水到小说之路的开拓探索，在文学这条路上，乔叶用自己的勤奋印证自己的文学才情，也以自己的文学成绩来反哺这份勤奋。

文学的意义何在？这是眼下很多读者与写作者都在思索的一个命题。尽管这个命题的提出本身就带有一定的功利性。但乔叶的答案却是让人欣慰钦佩的，她说："如果一定要探究文学对于我们当下生活的意义，那就在于它可以穿透物质表层，深入我们内心世界，探测人心的秘密。生活就像一条波澜壮阔的大河，河水总是奔涌向前的，而文学则好比是河床，无论河水流向何方，河床总是长久地卧在那里。变化的是生活，不变的，则是文学给我们带来的永恒的温暖，文学写作即是挖掘人性河床中存在的宝藏——这或许就是我的写作目的。”

王剑冰:鲜活与纯美

提起王剑冰这个名字,当下社会各界的读者朋友——尤其是热爱散文阅读与创作的朋友可能无人不晓。他的散文名作《绝版的周庄》《吉安读水》《天河》《洞头望海楼》等作品似一颗颗璀璨的明珠闪耀在中国当代散文长河,在各地被刻碑铭记。散文集《喧嚣中的足迹》被中国现代文学馆和宁波天一阁藏书楼收藏;散文集《绝版的周庄》被评为 2008 年"中国最美的书",并被德国国家图书馆收藏……数年来所获的各种嘉奖与荣誉更是数不胜数。王剑冰曾担任《散文选刊》副主编、主编,是集创作、理论研究、编辑于一身的三栖作家,对中国当代散文事业的发展起着举足轻重的作用。

我和剑冰是编辑同道,除了多年同在河南文学界、出版界谋生活,又曾在鲁院"主编班"同窗数月。记得有一天清晨,夜雨初霁,我俩在鲁院的一座小亭旁散步聊天。这时候太阳刚升起来，因有云朵半遮半掩，只有一束散淡却异常明亮的光线横亘天际，倏忽发现几竿瘦竹的影里，似乎蓦然绽开了一簇迎春花。正是春意阑珊时节，暖暖的阳光斜照在花萼上，如繁星点点，鹅黄如炽，鲜活艳丽无比，惹人爱怜，似乎把迟暮的春天一下点燃了。剑冰说："太美了，我去宿舍拿相机，赶快把它的倩影留下吧。"我说："正好看呢，就这么多欣赏一会儿不挺好吗？"我俩这么说着，他一犹豫，竟误了时辰。一会儿太阳整个露出圆脸，光华四溢，万物渐渐淡化了那种清晰的对比度，再细看那簇迎春花时，因失去了"追光灯"似的聚焦效果，似乎明显少了方才那种精气神儿。我俩相视无奈一笑，无不从心里惋惜那"稍纵即逝"的拍照机会。从这件事上，我由衷钦佩剑冰作为散文家观察生活的能力和捕捉细节的敏感艺术眼光。所以不久前，剑冰突然打电话说写了一组小小说时，我一点也不觉得诧异。

其实诗歌、散文、散文诗、小说，看似各有各的流派各有各的图腾，那是从狭义的文学体裁划分角度而言，从广义上讲，各个文体之间并无严格的界限，甚至再推而广之，各艺术门类之间，如音乐、绘画、文学、建筑等彼此之间也都不是孤立存在的，而是有着相通相融的地方。在编辑岗位二十多年，读小小说，编小小说，评小小说，过眼的文学作品何止万篇，但每每读到让人眼前一亮心中一动的佳作时，仍会忍不住要击节赞赏反复吟诵。王剑冰的这一组小小说就带着这样一份惊喜而来,冲击着我的阅读视线。

毋庸置疑,王剑冰的小小说写作是一定要带着他的散文写作印痕的:朴素自然如行云流水般的文字,淡淡地诉说着寻常生活里的一草一木一人一物,不追求小说里情节的离奇与波折,却于字里行间不显山不露水地给人以生命的感悟和思想的启迪。读多了传奇故事,看多了太像小说的小说,冷不丁来读这样一组作品,忽然让人有种于繁华闹市置身田园之感,文字如松风泉水,清新澈亮,意境优美却并不虚空,带着一股暖暖的人间烟火之气。那些近的远的人物,仿佛就在你我身边,发生在那些人物身上的故事也让人读来倍感亲切。

《安装工小马》似一幅城市底层人物的素描画,尺幅之间,寥寥数笔,就将两位实诚、吃苦耐劳、不慕虚荣、踏实、追求美好生活的年轻人的形象勾勒出来。要在千字的篇幅里写活两个人物,还没有波澜起伏的故事做依托,似乎是根本不可能的事情。这篇小小说却做到了,它靠的是洋溢在字里行间的真,真诚的人,真诚的语言,真诚的感情,当然也有作家独有的匠心安排。

小说以安装工小马遗忘在客户家的一副墨镜为引子,引出小马一个寻常的生活片断,选择了几个小细节来完成对这个城市底层小人物的刻画:一是写小马独自一人在狭小的卫生间里安装热水器，却不要主家帮忙，险些发生危险——表现小马工作的艰辛与敬业；二是小马工作期间与女朋友的电话——侧面描写，一个勤劳朴实、心灵美好的年轻姑娘形象，就此立于读者面前；第三个动人细节是小马婉拒主家递上来的包子，体现了安装工小马良好的职业素养与职业尊严。

“小马黑黑的，壮壮的，很精明。小马很是让人念想。

我再一次给小马打电话，告诉他我会把他的墨镜直接送到卖热水器的商场去。

小小说的结尾也非常自然，又充满亮色与温暖。安装工上门给人服务这样的寻常小事，在城市里居家过日子的人几乎都能遇到，在作家的笔下，这样的寻常人寻常事却自有一份动人心弦的力量。他在向读者传递着一种人与人之间互相体谅彼此相助的温暖，也在传递着一种催人向上的正能量。尽管红尘碌碌，生活多艰，依然有像安装工小马和他的女朋友那样可爱的年轻人，脚踏实地，凭着自己的劳动与汗水在为未来拼搏。

《舞伴儿》《独坐桥头的影子》都是选取都市生活中一个寻常的生活场景，来表现都市人之间消除冷漠隔膜，彼此敞开心扉相互温暖的作品。两篇小小说几乎都没什么跌转跌宕的情节可言，更无动人心魄的煽情故事发生，无论是《舞伴儿》中的“我”与那个女孩子舞伴儿，还是《独坐桥头的影子》中“我”与在周庄无意中邂逅的失意女子,彼此之间的交流交谈都是那么淡,淡到乍读似觉寡淡无味。可这两篇小小说的妙不可言之处也正在于这股子淡,那是一种韵味悠长的淡,一读再读,余味缭绕:在人人都把自身紧紧封闭在自己的空间,本着“防人之心不可无”的心态,对世界、对他人充满警惕与怀疑的现代社会,那样随意淡然的交往与交流何其珍稀,又何等珍贵。作家对真诚与自由的呼唤,对人与人之间美好交往的向往,都寄托在看似随意平淡的文字里。不必浓妆艳抹,天真自然,这样的书写,非高手不能为也。

《野地里有棵花椒树》,文如其题,通篇洋溢着一股子乡野间花椒树的清新之气,还有一股子淡淡的麻辣。作者在小说中描写了一对乡间年轻人朦胧而美好的情感往事,却是通过一个非常大胆又原始的情节:去地里摘花椒的二妞蹲下去尿尿,不巧被前去地里挖苦菜的“我”无意中瞧见,二妞又羞又恼,向“我”提出一个在成人眼中近乎奇葩的要求:她要对方用同样的方式让她“看”回来:“说咧,一片儿白光,那是俺的羞,俺娘说了,羞不能让人家看到,看到了就不能见人了。俺得把俺的羞换回来!二妞说。”读到此处,让人不免为文中这位纯朴到家的二妞忍俊不禁,这笑当然不能带半点杂质的,因为你会被这一对少男少女的纯美而感染。

二妞的话音里有了潮气,湿湿的,像今早起的露水。

我的嘴不再帮我说话，我不知道咋办了。

你快点呀，你快点呀！二妞的露水尤其重了。

那我，那我……我真的不知道该咋办。我怕二妞的露水一会儿把我淹了。

…………

二妞的眼睛大了起来，好像带了钩子，就要直勾勾地把我那伙计给钩了出来。

谁知道就在此时，二妞哧溜一下，撒腿跑了，比一只獾跑得还快。”

一对少男少女，朦朦胧胧中对异性产生了好奇与渴望，却是慌里慌张懵里懵懂，优美的字句，与人物身份极度契合的动作与语言，似乡野间清亮的露珠，让这样一份美妙的感情变得不染尘埃，清新可人。现在很多作家为迎合某些读者的阅读口味，文中大肆渲染情色，粗俗得让人看不下去。能将情色写到如此境界，也真可谓情感圣手了。

多年来，王剑冰笔耕不辍，创作了大量散文、小说佳作，对散文创作理论也深有建树。2007 年，他的三十万字的理论著作《散文时代》被列入中国作家协会重点扶持项目。

“越朴素、越自然、越纯真的东西，就越有生命力”，剑冰还认为在散文创作中应有“坚韧与永恒，鲜活与纯美”，认为“散文的生命力在于它能让读者从中获得生命的感悟、思想的启迪、魂灵的慰藉、学养的滋润和审美的愉悦”。这种创作追求其实不仅仅体现在王剑冰的散文创作上，我们从他的小小说创作中也能清晰地感受到这一点。

墨白:小说叙事的百变高手

墨白出版了 10 多部长、中篇小说,短篇小说集、小小说作品集,他在文学创作上所取得的艺术成就和产生的影响力,已经得到社会各界愈来愈多的专家、评论家和读者的认同。

墨白早期也写小小说,对这个新兴文体亦曾投入过巨大热情,有着浓厚兴趣。《秋夜》《洗产包的老人》《怀念拥有阳光的日子》《风景》等,曾连续获得过全国性奖项,至今还一再被选入各种精华本。后来意犹未尽,还专门编选了一套《中国当代名家小小说》,遴选了冯骥才、阿成、聂鑫森、野莽、许行、孙方友等人的单本集。即使放到当下专事小小说写作的同行里,墨白所能达到的艺术水准也堪称一流。只因他的胞兄孙方友多年来在小小说写作领域独树一帜,名声大噪,其光芒多少遮盖了大家对墨白小小说的关注。

小小说《怀念拥有阳光的日子》在严肃的现实生活与虚拟

的艺术空间里，开辟出一条坦途来，既能理性地表达对真实人生的诠释，又能无限地挑战文学写作的想象力。这是一个凄美又不失温暖的故事，如同一支乐曲分为截然不同的声部，作品的前半部分充满欢乐与明快的旋律，中间部分充满悲壮色彩，后面的结局，沉重忧伤，却又不乏生活的暖意：似曾相识的温情一幕，再次发生在6路公交车上，只是故事的主角已悄然转变。首尾自然呼应，布局谋篇极具匠心。两位盲人，一前一后出现，其人生经历与心路历程，似乎不同，又似重叠交织出现。让人在感喟人生的无常、命运的残酷时，还有一份浓浓的暖意油然从心底升起。

在第六届小小说金麻雀奖评选中，墨白的获奖作品《西域小小说十篇》，包括《首长》《老酸奶》《葬礼》《纪念碑》《寻找歌手》《银匠》《胡杨林》《行为艺术》《按摩师》《流放地》，以深邃的艺术视野聚焦小小说文体，在小小说的艺术创新方面做了充分有效的实践探索。这组西域题材小小说，在选材上粗犷、大气、神秘，能给人一种新鲜感，能透露一种绝不同于一般青春、爱情、职场小小说的神奇感。他非常机智地在小小说描写一个场面的构思格局上，融进人物命运的传奇、少数民族的文化、边境西域风情等“长小说”常常具有的艺术元素，创造出一种很值得读者体味的小小说多义结构。

后来，墨白自觉选择以写中、长篇小说为主，经过数十年的努力，同样也营造出了属于自己的“颍河镇”，成为他梦牵魂绕的精神生活的栖息地。他在这方土地里悄然种植下某种图腾。他耕耘播种，灌溉施肥，剪枝修葺，洒下汗水并收获喜悦。如今的“颍河镇”早已人声鼎沸，车马喧哗，日渐丰饶。作为一个优秀的小说家，他对这方生于斯长于斯的土地可谓用情甚深，有刻骨铭心之爱，在进行文学创作时态度严谨且倾注了巨大热情。

尽管当下的文学圈很庞杂，各色人等带着多种动机，在诱惑重重的文学阵营里混营生。但是，墨白的读书与写作，尤其在文本的坚守与探索上令人感动，一直坚持着一种类乎“卫道士”“守望者”的精神。他在多年的笔耕中付出了巨大努力，也取得了成功。可以这么说，墨白是当今文坛能把先锋实验与传统叙事融会贯通，并以熟稔的小说手段来演绎故事的少数作家之一。

正因为墨白多年来坚守着特立独行的读书写作姿态，所以他发表的500多万字的作品，才能够把精英写作、大众写作，甚至通俗写作的不同质地进行兼容并蓄，把西方哲理思辨的、东方物化感性的不同特色巧妙合理地糅合在一起，在思想内涵、故事结构、人物塑造、叙事视角、语言表达等方面每有新意。他尤其看重那种令人诧异的思维方式，顺向或逆向，立体或多维，讲究谋篇布局，体现语言张力，追逐精致，无论长短，几乎每一篇作品都自觉携带一些阅读诱因乃至宗教般的神秘色彩。墨白对小说结构迷恋且陶醉，能把一部作品设计得像迷宫或者魔方一样令人着迷，通过形式和内容的相映成趣，直抵阅读者心灵。因为只有那种在艺术创造上的“百变高手”，才能充满朝气、活力和勇气，令人不断产生意外惊喜。

墨白的青少年时期是在乡下度过的，所以他的创作有着浓郁的乡土情结。其农村题材小说中的人物大多有着质朴的平凡人生，普通得在我们身边随处可见。但这些人物的内心世界却是丰富的，可感的。即使写城市生活，墨白也很少把关注点放在官场或上流社会的人群中。他一直保持着质疑的、充满期待的、“具有良知的”写作姿态（胡平语）。对弱势群体生存状态的关注，对爱情的礼赞，对社会病态的困惑，对人类精神生活的疑虑等，无不流露出写作者真诚的呐喊，使他的作品一如既往地洋溢着悲天悯人的情怀。哪怕写一篇小小说，也显得言近旨远，意味悠长。

生活中的墨白，虽已年过半百，两鬓渐白，但文学的涵养似乎早已让他脱胎换骨，愈发显得气质脱俗，举止儒雅，在纷扰的生活中张扬着成熟的魅力。作为朋友，近年来我也常为墨白“鸣不平”，觉得诸多国内大奖常与这位实力派作家擦肩而过似有不公。虽然当下的评奖活动愈来愈走不出某种话语权的怪圈，但起码应该含有某种鼓励性质吧。后见墨白倒是不甚介怀，一点也不受其影响，不为所动，依然笔耕不止，我反倒说不出一句安慰话了。假如有一天小说家墨白突然大红大紫了，我一点也不会感到奇怪，天道酬勤，深山有宝藏，那本是应有之义。何况他正处在人生盛年，创作高峰期，有什么阻力能扼制住他涌动的上升势头呢。不过，我还是希望墨白一直这样潜心写作，一点点地开掘自己丰厚的创作资源，不任意挥霍素材，抽丝剥茧一般，极有节制地把它们一个个雕琢成玲珑剔透的工艺品，让颍河镇的故事水银泻地一样，流传到更远的地方。

在长期的创作中，孙氏兄弟形成了完全不一样的艺术追求和创作风格：方友在创作中以现实题材为主，其作品以塑造人物见长，以人物传精神；而墨白则是以现代题材为主，其作品以解构生活见长，以精神显人物。在同一地域，兄弟俩竟会用两种迥异的写作方式，两种不同的笔墨，分别构建出各具特色的地域文化示范田。风格互补，相得益彰，孙氏兄弟的文学活动注定会成为文坛一段佳话。

生活中朴实内敛、达观洒脱、沉稳寡言的墨白，与创作中厚积薄发、胸有成竹、才气纵横的墨白完全不同。他不是那种一边写着文字，一边又满脑子名利的人。在诸多热闹场合，他会很投入地唱一首抑扬顿挫的俄罗斯民歌，也会选择用沉默寡言的方式来逃避。但在一些低俗或浅薄的言行面前，墨白的眼睛一亮，会不经意间投射出一些讥讽揶揄的意味，算是一种颇具个性的反应或态度吧。

黑与白，这两种矛盾的颜色在墨白身上同流却并不合污，所呈现出来的竟是一幅黑白分明的太极图模样。

张鲜明:梦境与写意

在阅读张鲜明这一组题为《寐语》的作品之前,早已知道他是省内知名的媒体人,不仅在诗和散文创作方面有着很大影响,而且在摄影领域同样也获得过国际大奖,并取得"幻像摄影"的专利。在我看来,他是个阅历丰富、多才多艺之人。

张鲜明说他写了一组短文章,也不知算什么文体,想让我帮忙看一下。作为入行多年的文学编辑,"奇文共欣赏,疑义相与析",我习惯了文友间的切磋,就应允了。

一路读下去,顿有陌生或极度新鲜之感,这组大约30篇的作品读完,从心里说了一声"好"。它所带来的视角冲击,几乎颠覆了我的传统阅读习惯。你无法确知作家在讲什么,意图是什么,甚至连他所描述的东西是什么也不能确定。它究竟算什么体裁呢?总得有个归类吧。它有人物,有故事,仿佛一个人的体内,有一种回环缠绕的情绪或气韵在蜿蜒流淌。

它的内在逻辑十分严谨，在一层层似是而非、飘忽迷离、貌似荒诞不经的意象中，经营着自己精准的关联和明确的指向。形式上不是诗，完全虚构，说是散文也勉强，加上每篇大都在千字左右，按我的习惯，暂把它归类到小小说文体中吧。

传统的小小说创作，诸如编排故事、人物塑造乃至一些技巧元素，在张鲜明的小小说里完全对应不上。寐语者，梦呓也。这里更多的是一些纷扬闪烁的碎片，是一种感觉，一种似清晰又模糊的意识流动。可这种感觉与流动又分明是新奇的、绝妙的、怪异的、荒诞的、让人无解而困惑的景物。这种无解与困惑，反倒刺激起人的阅读欲望，吸引人一路读下去，要探个究竟。

对于庞大的小小说创作群体来说，张鲜明显然不是一般意义上的异类。囿于字数限定，小小说在尺幅之内的闪转腾挪，尤其是在形式与内容上的创新，并不是一件容易的事。之前有少数几个先锋写作者，如谢志强、滕刚、大解等，虽然取得了不俗的成就，作品令人耳目一新，但他们的创作，文体意识很强，在小小说的结构特征、审美态势以及字数限定上，并没有走得太远。

张鲜明的小小说可归于现代主义流派，是荒诞的，充满了神秘感与魔幻色彩，但他的作品又与通常的荒诞、魔幻作品明显不同。通常的现代主义小小说作品，或借助荒诞不经的人物与事件，或通过科幻甚至是魔幻的世界，最终的意图仍是表现对现实世界的某种思考。张鲜明的这组作品里，当然也有现实的影子，但这份现实更为隐秘，他所描写的更多的是一种情绪，一种意识流，是一种平日里只可意会不可言传的感觉。异于常人的是，他把这种隐秘无形的感觉，用活生生的文字，不是写而是“画”了下来，让这种情绪变得有色有味、可触可感。

在张鲜明五色斑斓的艺术人生中，他的第一张艺术名片是诗人。1999 年，他把诗集处女作命名为《梦中庄园》。然后，一次偶然的机会，他的一组名为《幻像摄影》的摄影作品参展，轰动了国内外摄影界。他利用自行设计的光影折射装置，拍摄了一系列绚烂、魔幻的影像，打破了常规的摄影理念。那些寻常的人物、街灯、路，在张鲜明的特殊镜头里，呈现了怪异而神奇的变形。它们令人联想到开天辟地和星云、星系、星团等宇宙壮丽景象，引起人们对三维空间之外的世界的想象。“这些‘无中生有’的影像，不是对现实物像的记录与摹写，而是对未知世界梦幻般的表现。”这是摄影界对张鲜明摄影作品的评价。张鲜明将这些作品命名为《幻像摄影》，取得了专业认可。

所有的艺术门类都有相通之处，在研读张鲜明这组让人充满困惑又充满诱惑的小小说作品之时，我同时也找出他的一些诗歌与摄影作品来比较、欣赏，很快发现这其中的内在联系。

世界猛地混沌成一滴墨水了/走啊，这是命——《磨道里的驴》

故乡是蛋黄/在淡蓝色的梦里——《月夜故乡》

这是张鲜明早期的诗歌，这些句子很容易让人联想到他的那些“幻像摄影”，也许正是因为他有这样一双诗意的眼睛，才能于镜头里发现那一个个奇幻的瞬间，然后想办法用镜头将它们捕捉记录。

读张鲜明的小小说，读到那些充满想象力又极有现场感的句子时，常给人一种活生生的真实感，他把一座大楼惟妙惟肖地比喻为一个胖圆盘变成的一支竖笛，让楼内生活的人变成黑压压的虫子，用嘴巴当吸盘吸附在笛子的壁上，一扇扇窗口则成了亮晃晃的笛眼儿。人想通过自己的努力变成音符从笛眼儿里飞出去，却终是不能。(《楼的惊变》)

他写人被神秘的一对石磨追赶，逃无可逃，石磨在研磨人的身体，人甚至可以看见红色的血块从石磨上方流下来。(《石磨在研磨我的身体》)。

波德莱尔是法国十九世纪最著名的现代派诗人，象征派诗歌先驱，在欧美诗坛具有重要地位，其作品《恶之花》是十九世纪最具影响力的诗集之一。这位诗人很显然是张鲜明仰慕而着迷的对象。但他却以迥乎常人的思维，让波德莱尔变成一只身材巨大，头顶两只弯弯犄角的牛，这头牛晃动着钢刀一样的犄角挑开了“我”的胸膛，流出了满地的铅字。(《波德莱尔的手术》)

这些情节无疑都是荒诞不经的，但那种真实的画面感又让人如临其境。我很奇怪要拥有怎样非凡的想象力才能将那些场景、感觉记录得如此栩栩如生。欣赏过张鲜明的那些“幻像摄影”，终有所悟。张鲜明的诗歌艺术让他找到了自己观察自然宇宙的窗口，张鲜明的“幻像摄影”又神奇地打通了他通往人的内心与灵魂的路。他用镜头记录着未知的梦幻般的世界，他的镜头又启发他用文字为人的内心与灵魂摄影，将那种瞬间的奇妙感觉一一捕捉。

所以，张鲜明的小小说需要一读再读，需要将整组作品连起来读，甚至需要将他的诗歌、摄影、小小说作品联系起来互相解读，你才能慢慢找到解读张鲜明作品的那把钥匙。他并没有完全凌驾于现实与生活之上，在张鲜明凌乱飘忽的文字外衣下，是沉重的现实对人的挤压，是人在现实生活中的种种矛盾与挣扎。

在《楼的惊变》里，他写人在高压的都市中被挤，写人试图挣扎，以及最后的无果与无奈。《石磨在研磨我的身体》则将一种人被某种压力压迫、挤压、研磨的现实化成血淋淋的影像。《波德莱尔的手术》写一位痴心于现代诗歌艺术的诗人，对诗人与诗歌的敬畏，对无法达到某种境界的痛苦与无奈。读《电话号码在命令我》，很容易让人联想到那串电话号码背后的人或者事，其背后或是一股有权有势令“我”生畏的力量，所以“我”在面对那串数字时才会如此惶恐不安。这种瞬间的惶恐与不安被张鲜明用如此鲜活的文字记录下来，读起来有趣又让人充满无限遐想。《拯救黑暗》是一篇较明显的充满象征意义的作品，他将人生中的黑暗比喻成一只从深渊与大海里浮上来的虫子，把人的心比喻成一盏明亮的灯泡。只要心是明亮的，所有的黑暗终将被这盏心灯照亮。小小说用一只虫子与心的对话，来完成对这个人生哲理的揭示，读来生动活泼，趣味盎然。

如此细细读来，张鲜明的这些小小说作品都有“蛛丝马迹”可寻，是可以令人猜想的“雪泥鸿爪”，亦都有着深远的寄托，甚至还有一些我们所未能体味到的寓意。对于给自己带来巨大声誉的“幻像摄影”，张鲜明曾这样说，“幻像摄影”就像一种镜像，反射出的是观者的知识结构和各自不同的精神境界，就像“有一千个观众，就有一千个哈姆雷特”一样。我觉得这番话同样适用于他的小小说作品。一千个读者也许能从张鲜明的小小说里读出一千种不同的理解，也正因为如此，他的小小说才充满着神奇的张力与谜一般的诱惑。

《寐语》的旁逸斜出，是当下小小说创作领域的重要收获，也可视为文坛的一缕清新之风，再一次证明了小小说自由随意的生长方式，以及文学的创造力和无限的发展空间。

郭昕:模糊与朴素的美

郭昕作为当代小小说领域的一名资深编辑家、作家和职业办刊人,他以30年坚守的毅力和勇气,和中国当代小小说一路风雨兼程走到今天,在一种文化的意义上,诠释着一名知识分子在当下应具有的精神风貌和生存姿态。

郭昕的小小说,题材多为婚姻家庭,关注生活本真,善于借用道具直观生活横切面,形象再现人们疲于庸常生活的状态和心理,继而引起读者反思。譬如《玉子》中的织毛线,《发型》中的新发型,《该死的烟筒》中的烟筒,皆是巧妙运用道具的范例,而妙用道具则让作品平添了魅力,产生了意想不到的艺术效果。

人自身的情感纠结是很多写作者创作中取之不尽的灵感来源,而从文学角度来讲,情感因素恰好体现了人物内在的自我冲突与思考。所以无论是从情节的编排上来讲,还是从文学创作的需要来看，人与自身的情感矛盾都是值得关注的。而这点在郭昕的情感小小说创作中体现得格外明显。

《玉子》讲的是女人在家庭和社会中的站位，其实讲的更是自己在自己心中的比重。像玉子母亲那样的农村妇女，她们人生天平的砝码永远都偏沉在家庭一边，甚至没有了自己。玉子学织毛线是因为爱上了一个人。怪不得那么多不同时代不同种族不同阶层的女人对女红乐此不疲，原来这会使女人从中体味到一种独有的心境滋味，再或者说这是一种感情寄托。玉子从拒绝女红到学织毛线再到成为织毛线的专家，从恋爱到家庭，毛线似乎成了玉子生活中不可或缺的一部分。而当丈夫穿着别的女人织的毛衣出现时，玉子蓦然意识到她已经在生活中一点点丢失了自己。“织毛线”只不过是巧用生活的一个道具，作为作品结构的伏线和引线，通过这一细节成功刻画了人物性格和心理变化，并借此隐喻生活中的“剪不断”与“理还乱”，意在唤起女性对自我的重视和尊重。“爱”让一个女孩变成女人，同样是“爱”产生的伤害又让一个女人拒绝成为女人。玉子虽然做出了自己的选择，然而她抛下的只是有形的枷锁，“爱”的牢笼，乃是一种自我心灵监禁，并不容易真正逃离。

若能遇到那善解人意的目光，于女人来讲是何等幸福。在《发型》里，就发生了这样的一场偶遇。陌生男人夸赞的话一句连着一句，女人被那接连不断的赞美所包围。但这一刻幸福有多少，下一刻打击就有多大。对方原来只是借着她，来表达对另一个女人那遏制不住的爱慕之情。这一刻心虽不至于死，但已足够冰冷。

《发型》中的新发型也是一个道具，利用男人对女人发型的称赞误导女人一直遐想，也一直在误导读者分心，借此推动情绪与情节的逆向发展。作品讲述了厌倦寡淡日常生活的女人，按捺不住寻找刺激的诱惑，在做了新发型之后鬼使神差踏进了舞厅。女人自己也不明白自己在期待什么，渴望什么，没有男人邀舞略感失意落寞，有男人搭讪又心绪浮动。搭讪的男人一再称赞女人的发型漂亮，令女人陷入了深深的温柔诱惑中，就在女人自以为邂逅了一段浪漫时，男人却说："欢迎您再次光顾欣欣发廊。"原来男人一眼就看出女人的发型是在他妻子的发廊做的，随后极力夸赞自己妻子的好手艺，全然没有注意到女人的失落。此时在男人的眼里，女人只是妻子的一个杰作，而和女人搭讪共舞，似乎又是一种受利益驱使的客户维护。我们是该称赞那么维护妻子生意的男人呢，还是要替这个自作多情的女人难堪呢？

女人好像总是情感里最受伤的那个，这种情形，或许就是情感文学书写价值所在。《该死的烟筒》在借用道具上也有巧夺天工之妙。作品讲述了男人在离婚后，清晰地认识到女人的许多“优点”，是他不堪忍受同她继续在一个屋顶下过日子的重要原因之一。作品主要讲家庭生活的维护，清理烟筒只不过是家庭生活中的一小部分，作为一个小道具出现可以更直观地解读家庭生活的琐碎。而女人事无巨细的认真才是贯穿家庭生活的大道具，其目的是想说组建一个家庭，唯有用心和有心的人，才会事无巨细、不厌其烦地关照家庭中的每一件事、每一个东西。清理、维护、保养烟筒的过程，何尝不像维护一段婚姻，不用心或懈怠，只会造成烟筒堵塞，导致家人煤气中毒。踏入婚姻，必定无形中有了约束，而约束也是为了维护婚姻的生命力。

郭昕的小小说，字里行间萦绕着一丝淡淡的、挥之不去的情愫。《凋落》非常巧妙地利用电话对白和女人的敏感，自然而然带出了背后的故事。男人在外浪漫留情，不禁让女人心烦意乱，一通电话打去，寒暄之间立显男人的理智，与三天前完全判若两人，听音识人，原来多情只不过是逢场作戏的刺激。无论是相会中的热切，还是花瓶里娇艳欲滴的玫瑰，或者是情意绵绵的馈赠，都只徒具形式，脆弱得甚至经不起一通电话的问询。事实就是如此，冰冷到不给女人留下哪怕半分回旋的余地。然而在内心深处，失望甚至绝望之余，那泪水仍在不争气地流淌。终归还是情易断，心难收。

有时候情感的折磨来得并不那么剧烈，它以温水煮青蛙的形式在生活中出现。委屈总是有的，背后那渴望被理解的心，微微荡着涟漪。《雀巢永驻》讲述了在一个清贫的小家庭，咖啡是奢侈品，妻子虽然终日以最便宜的茶为饮料，却没有怨言，出身农家的她知道，这个世界上有许多东西是她无法也不该去追求的。即便丈夫单位发了一盒咖啡，妻子仍想着把咖啡送给舅舅当生日礼物，以此缓解家庭经济压力，谁知竟被从来没喝过咖啡的儿子抢先一步尝鲜了。咖啡开封了，妻子依然不舍得喝，盼望着家里能来个客人造访，以便优雅大方地招待一回，一直等到咖啡快过期才舍得品尝，却不料儿子嫌不好喝，丈夫没兴趣，而自己一喝胃就难受。丈夫说妻子生就喝茶的命，妻子却委屈地觉得男人什么时候才能理解自己呢？过着清苦日子的女人，何尝不向往一种精致而优越的生活，女人的心情犹如一杯苦咖啡，读之心中不免泛着丝丝的苦涩，一个甘于认命又渴望突破命运的女人缓缓向我们走来，手里捧着一杯热气缭绕的咖啡，随意亲切地说了句："怎么样，来点咖啡吧？"

郭昕的文字隐隐透着生活的烦忧、人生的无奈，却又无时无刻不在固守生活的坚持。正如郭昕的随笔所言："一篇好的小小说也该让读者有这种感受。说不清的不一定是好的小小说，但好的小小说必定具备说不清的特点。它朦朦胧胧似隐似现地给了你那么多，那是什么，你感觉得到，却触摸不到，无法言表。好的小小说往往是朴素无华的，它就像一位衣着简朴、少言寡语的女人静静地面对着你，单纯得近乎透明。可你越进入她的内心，越能感受到她似水柔情的浸润。再冥顽的心也要被她感动。”

秦俑:仰望小小说的天空

从事公益事业的人都是值得尊敬的。因为公益事业的本质,是利用自己的资本(物质的或智力的)来为社会服务,让更多的人从中受益或者成功,从而真正体现出人生理想的价值。然而一介平民,想做公益事业大多是心有余而力不足,如果你有志向,只能靠智力上的创意或任劳任怨的日积月累,来追寻心中的目标,书写属于小人物的多彩人生。

对秦俑的认识,开始于小小说作家网。众所周知,小小说这一新兴文体,从 20 世纪 80 年代初发轫勃兴,30 年间借助天时地利人和,于 21 世纪初达到高峰后逐渐趋于平缓。与此同时,纸质媒体受到电视、网络和手机等的巨大冲击。2002 年初,一个叫秦俑的小小说作者在网上创建了个人主页"空房子——秦俑小小说空间"。同年 10 月又改造成小小说作家网。这一全开放式的舞台,直接给长期徘徊在主流文学边缘的小小说插上了飞翔的翅膀。小小说再也不甘画地为牢，一举冲破了所谓“话语权”的樊篱，进入了一个高度自由的表达空间。它对于促进小小说这一新兴文体的发展繁荣，日益显示出无可估量的积极意义。2003 年 7 月，秦俑辞去公职加盟郑州百花园杂志社，从此与小小说相伴而行。

在众多热心网友的帮助和参与下，几经改造和重建，小小说作家网的板块日趋协调合理，以其参与人数之众（注册会员 8 万多名）、信息内容之多（发布帖子 200 多万条）、影响范围之广、传播速度之快，营造出一个属于小小说读者、作者乃至编者的类乎春节联欢晚会的舞台。不同的是，春晚舞台只有少数精英演艺人员才能登台亮相，而网络之于网友却是互动的，不管穿不穿“马甲”，都可以发言或者旁观。

小小说领域瞬间被拓宽放大了，资源可以共享，信息尽情沟通，议论民主，话语自由，学习便利，交友无碍，没有太多的俗定限制。这一网站拉近了全世界小小说创作者和爱好者的距离，小小说业界的诸多资讯，一夜之间便可广泛传遍。连不少欧美、东南亚关注华文文学的小小说写作者、研究者，也从中捕捉着自己需求的信息。英文版小小说集《喧闹的麻雀——当代中国小小说》能够在美国顺利出版，就有赖于小小说作家网这座友好开放的桥梁。

2007 年、2008 年，小小说作家网更换独立服务器，组织主办了两次全国小小说新秀选拔赛、两次网络新年茶话会，以及笔会直播、作品研讨会、网络征文大赛等全国性的活动十余次，对于凝聚网络人气，提升帖子品位，推出作家，研讨文体，起到了纸质媒体无法取代的作用。放眼未来，小小说作家网的应运而生，无疑是小小说发展史上的一次革命。

平心而论，虽然有多方面的配合和支持，小小说作家网仍然是属于一个人书写的历史。秦俑以一己之力，从创意到投入，从网站美工到栏目设置，从日常管理到活动策划，可谓呕心沥血，殚精竭虑。近十年来，他牺牲自己大部分的业余时间用来管理和经营网站，而且坚持不走商业化的路子。人不可能靠某个好点子一蹴而就，永久性地干事创业，即使有极佳的初衷，也需要长时间的坚守，才能逐渐走向完善，这个过程漫长而多变，充满酸甜苦辣，需要灵性、智慧和无限度的任劳任怨精神。

我对人生有这样一种认识：一个人如果整天患得患失，斤斤计较或者沽名钓誉，时时处处都为自己打算，生怕社会或生活对自己有所亏欠，虽不失精明，但到头来总有明白的一天，差不多还是为别人活了。反过来说，一个人如果默默地埋头苦干，心里装的是国家民族，或者集体他人，真诚地面对生活，只要坚持一段时间，便会觉得社会和生活反馈给你的，绝对超出你的付出。而这其中，最难得的便是“坚持”二字。秦俑用十年时间，守护着一片小小说的自由天空，不但赢得了网友的一片喝彩，个人修为也得到了大幅提高，可见公道自在人心呢。小小说作家网于2015年因故关停。

秦俑是中国作协会员，郑州市作协常务副主席，《小小说选刊》主编，多年来读小小说，编辑出版小小说刊物与图书，也坚持文学创作。除了日常的编辑工作和业余的网站管理，秦俑也称得上是一位优秀的小小说作家，他的作品题材奇崛、角度新颖、语言睿智、叙述独特、个性鲜明，出版了《纪念日》《被风吹走的夏天》等作品集。

《我的网恋手记》是秦俑网络题材系列小小说中的一篇。一次潇洒、缥缈、近乎完美的网上爱情争斗，最后演绎成了一场荒唐、滑稽、自编自导自演的生活秀。作品结构扑朔迷离，人物忽隐忽现，故事情节引人入胜，集趣味与智慧于一身。作品结局："最后再说一句：我叫雪落尘，在叫这个名字之前，我还有个名字叫小李肥刀。你知道的，一个叫小李肥刀的人，不一定就是个胖子；就算他是个胖子，他也一定买不起10克拉的大钻戒。"以带有调侃意味但又不乏思辨色彩的机趣，揭示了这场以爱情为名的网络"闹剧"的实质，既是对虚拟网络与现实社会"真"与"假"的无情拷问，也是对当下都市男女情感状态的一种心灵观照。

《化妆》刚一发表就被《小说选刊》《小小说选刊》《青年文

摘》《意林》等十余家杂志选载，后来被收进全国的高考语文试题，并作为典型案例编入大学写作教材，还被改编为舞台剧、网络短剧等，在网上广为流传。《化妆》以青春、死亡、理解为主线，语言清新，节奏舒缓，表现了青年一代成长过程中的迷惘、疼痛和对美好的向往，弥漫着自责的氛围，流露出淡淡的忧伤。秦俑的小小说作品中，有相当一部分是以青春成长为主题的，如《被风吹走的夏天》《残酷月光》《彼岸花》等，在题材选择与处理上均颇具匠心，不管是高考落榜后心理嬗变的细微刻画，还是同学意外身亡后的极致体验；不管是非主流爱情的诗意解剖，还是自闭少年与母亲心灵交流的温情展现，都隐隐地切合了当下青少年的阅读趣味。

在2018年至2019年间，秦俑就发表了近40篇文学作品，多篇被《小说选刊》等重要报刊与精华本选载。《最会讲故事的人》《有一天发生的事》《好男孩的一百种死法》等佳作，在小小说的表现手法上别出心裁，融入了诸多探索与创新，力求内涵深刻有意味，技术含量高，让人读起来如嚼橄榄，反刍再三，产生了良好的影响。新作《如果猫知道》的创作实践，便是一个极好的例证。

囿于体量的局限与束缚，如果把小小说作品写得内容丰富，写好人的命运是一条重要途径；如果把小小说作品写成阳春白雪，密集的艺术信息量必不可少。一个人漫长而多舛的命运，如何浓缩在千把字的篇章里面，一城人的大爱如何于细枝末节中体现出来？《如果猫知道》凭其巧妙的匠心，韵味无穷的语言，将二者完美融于一体，既有厚重的历史感，又极富现实意义。

我曾经有一句话被很多人引用："人生是由无数个小小说组成的"，一是说人生中真正有意义的事，大都是片断性呈现和间断性接续的；二是说留在人记忆深处的，一般不是那些做得非常正确的事，因为连自个都会认为那是应该得到的结果，当然也不是完全做错的事，因为自己会觉得羞惭而不堪回首。难以忘却的，常常是那些到老都让人萦绕心头的纠结的事。

作者笔下的祖母的一生可谓苦难交织，地震、寒冬、抚养子女，历尽沧桑，在灾荒年代痛失丈夫与两个儿子，家乡的娘家人也没能熬过来。弥留之际，老人的意识时而清醒时而模糊，但始终惦记着几十年来逝去的亲人。"你们哄俺，俺娘家人讲的是阜阳话……"戳中人的泪点。问世间情为何物？直教人生死相许。阴阳两隔，往事漫漶，岁月可以夺去一个人的青春容颜，却夺不掉心底深处的爱与牵念。

一只在屋外墙根待产的母猫，一个六岁男孩的哭声，似乎与祖母的一生没有任何关联，却成了本文一个极为巧妙的切入点。祖母临终还在牵挂一只即将临产的猫，似是不经意间的一个细节，将祖母的仁慈与大爱体现出来。作为万物灵长的人(祖母)知道血缘中离别久远的亲人,作为人类无言的朋友,猫也知道幼崽的夭折与人类的爱心,亦然动容。

《如果猫知道》可称为网状的、藕断丝连的结构,因为一个垂危的老人,与她关联的人物纷纷出场或乔装出现,并且互相之间发生着某种关联。通过一个人的命运,一只猫的叫声,勾勒出一个家族几十年历史和外部社会生活的偌大景象。文字的精心筛选组合,构思上的伏笔呼应,对话的扑朔迷离,老人断续的呢喃与猫叫的双向隐喻,都呈现出作者苦心孤诣的文字经营。

结尾以后记的形式,一笔宕开,将武汉封城期间志愿者去喂那些被困动物的事嵌入,虽只寥寥数语,却力重千钧。除却在结构上照应祖母的故事之外,也赋予这篇小小说极强的现实意义。2019 年年末至 2020 年春发生新冠疫情,武汉封城,举国关注。正是天灾无情人有情,灾难面前,共克时艰。武汉志愿者向滞留家中的猫狗伸出援手,从侧面来赞美这份人间大爱,恰如从一花一叶中看见天堂,从一滴水中折射出太阳的光辉。

阅读至此,作家的创作意图似乎渐渐清晰。作为一篇反映国人抗击疫情的小小说,作家避开那些铺天盖地的感人事件与人物,而从一位病逝的老人和一只猫说起,避开了故事的新闻时效性,在人性开掘方面更见深度。

陈铁军:亦庄亦谐亦风流

在社会竞争越来越激烈、生存压力越来越大的当下,能给人带来片刻的精神愉悦与放松的文艺作品,越来越受到大众的推崇与欢迎。电视荧屏上,网络上,各种娱乐节目、喜剧小品充斥其间,这些节目在带给观众欢乐的同时,也容易走向另一个极端——为娱乐而娱乐。以至于有人慨叹这是一个"娱乐至死"的时代。这种现象不能不让人思索,也不能不让人担忧。

在当今中国文坛上,能够随心所欲嬉笑怒骂皆成文章的作家也并不多见,河南作家陈铁军当算一位。他的作品,无论长篇、中短篇,还是小小说,都能从中感受到那种一脉相承的喜剧魅力,其率性自然、汪洋恣肆的文字,读来常常使人捧腹,而诙谐有趣的文字之下,流淌的却是作家深沉的悲剧意识与悲悯情怀。这样亦庄亦谐的文字,成了陈铁军独特的写作名片。

从20世纪80年代步入中国文坛，近三十年来，在文学领域，陈铁军一直保持着对文学不懈的热情与探索，在长篇小说、中短篇小说、电视电影剧本、小小说，各个领域皆有涉猎且多有佳作。相较于给陈铁军带来巨大声誉的其他几类文体，陈铁军创作的小小说并不多，总共不过数十篇，但仅这数十篇，也足以见出一位作家的创作功力与特色。

陈铁军的小小说，沿袭的依旧是他一贯的喜剧作风——一种略带黑色而冷峻的讽刺与幽默风格。无论是描写乡村风情的《乡村志异》系列，还是描写城市古玩市场上的各色人物，陈铁军笔下的人物形象无不鲜活如生，方言俗语信手拈来，读来妙趣横生，掩卷又常常给人留下无尽的思索。

《电工》与其说是一则喜剧，不如说是一出悲剧，它以一种淡淡的讽刺口吻反映了农村中普遍存在的人情世故，略带调侃的语气里带着一种深沉的悲悯情怀。无疑，在这篇小小说中，队长的侄子栓儿是一个悲剧性的人物，他的悲剧性并不是因为他本身的“老没材料”——干啥啥不行，学习不行，干活儿不行，送到部队去，喂了三年猪又回来了。栓儿悲剧命运的开始，源自他有一个当队长的亲戚，而这位亲戚稍稍动用了一下手中的特权就把栓儿安排到一个在农村人看来极让人羡慕的岗位上——电工。这是个出自好意的安排，但很多时候，好心不一定办成好事。队长只看到电工这份工作表面上的实惠与荣光，却远远没料到这份工作给栓儿带来的危害——这份工作最终断送了栓儿的性命。更让人啼笑皆非的是，断送栓儿性命的不是可怕的“电老虎”，而是他心里那一份永远没能解开的心结，那一份挥之不去的对电的恐惧感。

在这篇小小说中，两个情节的巧妙设置营造出一种强烈的对比：在部队，因为栓儿的愚笨迟钝，在为连长家接室外天线时他晚上前了一步，从而捡回了一条命，而那个机灵的战友则惨死在栓儿的面前；在村里，因为队长的特殊照顾，栓儿又最终死在了接电话线的线杆上。其间褒贬，作家并未直言，但一切都寓于文字。

小小说的结尾写道：“最后倒让会计落了个话把儿，道：‘狗卵子上席，也不看看他是不是那正经丸子。’”这显然不是作家的本意，是那位被栓儿顶替下来的会计说的。也正是这样一句话，暴露了某些农村人的狭隘、自私与冷漠，读来让人心生沉重。

相较于《电工》里的沉重，《神汉》读起来则轻快有趣得多。一个在乡里横行霸道的年轻人老黑，平日里“偷鸡摸狗，打爹骂娘，踢寡妇门，扒绝户坟，吃馆子赖账，借人钱不还”，可谓无恶不作，却无人能治得了他，直到村里来了个据说能“替人祛病除邪捉鬼擒妖”的神汉。

在农村，从古至今，神婆神汉都是一种颇受人敬畏的职业，而在他们身上，也演绎过种种神秘的传奇故事。这篇小小说描写神汉作法惩治老黑的过程，写得绘声绘色，让人如临其境，故事的推进中营造了一种神秘莫测的氛围。如果作家的笔墨仅停留在此，这样一篇作品，姑且不论它在结构技巧上的得失，单从内容上就存在着一种缺憾——神汉的种种行为，虽奇妙，终摆脱不掉封建迷信的嫌疑。所以，从这个意义上来说，作家最后设置的这个小小说结尾就显得尤为巧妙："直到几年之后，村里破天荒出了个大学生，在郑州读了四年书，才发现了这之中的奥秘所在。这方法其实很简单，说出来简直是个笑话。但是他把这视作一个秘密硬憋在了心底，任何人都没告诉，对村人更是只字也没提过。"

以科学解释神汉当年的行径，让人信服，却终究没点破那个秘密，又为读者留下一份悬念与念想。

《古玩城三题》可当作独立成篇的小小说来读，每一题都向读者描绘了一个性格独特的古玩城人物，三题连缀起来，又可当作一个情节波澜起伏的短篇小说或者中篇小说来读。因为作家描写的这些古玩城人物，彼此故事独立，人物的命运又相互联结，组在一起就勾画出一幅古玩市场上的市井百态图。

《老金》里的老金，是古玩市场上最常见的所谓"玩家儿"——"他半蹲半跪在古玩摊上，捧着一件不知啥东西翻来覆去地看着，并时不时地掏出一只可折叠的放大镜，打开来、凑上去细细端详东西的局部。”在外行人的眼里，他是行家，但真正的行家却对他充满不屑。因了作家风趣诙谐的描写，老金这个人物就透出一种特别的喜感。老金在古玩市场上无意中淘得的一块鎏金铜古砚，转手让古玩市场上的刘四代卖，刘四老婆又阴差阳错地将那块古砚最终以四万块钱的高价卖出，而按照事先约定，老金还是拿着属于自己的五百块钱走了。

“啥？啥？四万块！”后来老金拿着属于他的五百块钱，“那他娘到底是个啥东西？”

而刘四，捧着厚厚四沓钱，那脸傻得比他还狠：“我他娘哪知道那是啥东西。”

小小说至此戛然而止，读来却是余味无穷。老金、刘四两个人物形象，活灵活现如在眼前。而其间意味更是缭绕不去。每行有每行的操守，各行有各行的规矩，尽管结局出人意料，但两人似乎都没有在物质利益分配的不均上作任何纠结，越发显出老金这个人物形象的可爱来。而那方古砚，到底是真是假，价值几何，则是作家留给读者的另一重悬念。

在《老金》中，古玩店老板只能算是一个陪衬，但作为一个配角，作家对他性格的刻画也极为用心，在《刘四》这篇小小说中，刘四摇身一变成为主角，作家对他的描写自然更不遗余力。作为一名古玩商，寻常的经营理念都差不多：想方设法把自己手上的东西都说成真的，真的是真的，假的也说成真的。刘四却反其道而行之，他对谁都承认自己的东西是假的，这倒成了他的生财之道，他店里的生意竟做得红红火火。

副县长买唐伯虎的字送礼，明知“清白”二字是假，还是买下送给一位领导，最后那两个字又堂而皇之地被挂在领导的书房里。这一情节设置可谓别具匠心，也极大拓展了小小说的外延，使其具有更浓烈的讽刺意味与现实意义。

“不久，这里就形成了一种以假为荣、以真为耻的风尚，说假的理直气壮，说真的反而扭扭捏捏、不好意思了。又不久，由于他们的实话实说，工商管理部门将‘信得过’荣誉授予了这个古玩城。”这样一种风尚，让人喜耶，忧耶？无疑，作品中透露出的正是作家的一种强烈的忧患意识。

《二宝》描写的是古玩市场上另一类存在——古玩供应者，这也是古玩市场上不可或缺的一个环节。尽管二宝取得古玩的来路并不光明，但在作家的笔下，这个二宝也是一个颇为可爱的人物形象：他凭借着自己的小聪明与盗墓人合伙，生意时好时坏，好也好不到哪儿，坏也坏不到哪儿，好坏都表现在开车和抽烟两件事上。但这个人物最终还是没有老金与刘四的幸运，他得了一笔横财之后就莫名消失了。就有人说了：“还不如不扒菜呢。那时候的二宝，嘻嘻哈哈、乐乐呵呵的，多好哇。”人为财死，鸟为食亡。二宝无意攫取更多的财富时，可以过得乐乐呵呵。一旦被金钱物欲彻底缠住，也是他快乐生活的终结之时。

在陈铁军的《古玩城三题》里，老金是玩古玩的“玩家儿”，刘四是古玩店的老板，二宝是古玩供货商，可以说，这三个人就代表了古玩市场上流通的三个环节，从这三个人物身上也可窥见古玩市场上的种种世态世相。也足见作家在选取人物时的匠心所在。

无论是写乡村人物，还是市井众生相，陈铁军的语言都极为率真自然，有时甚至有些粗糙，但也正因为这些，他的作品读起来有一种十足的喜剧感，更接地气。读他的小小说，几乎每篇都有让人情不自禁发笑的地方。但陈铁军作品里的喜剧感绝不仅仅是浅层次的取悦，那是建立在一种深沉的悲悯情怀之上的喜剧，也就是我们常说的，一种“带泪的微笑”。

李培俊:笔底波澜　百味人生

李培俊是郑州荥阳人。他当过兵,干过工人,也做过企业党委书记,后调入文化部门。自20世纪80年代以来,即对小小说这种文体青睐有加。此后30余年来,虽生活数度有变,却一直不曾放弃对小小说的钟爱,工作生活之余,笔耕不辍,在中短篇小说领域收获颇丰,同时还创作了600余篇小小说。他的小小说作品有多篇获全国优秀作品奖,并入选各种年度精华本,深受广大读者的喜爱。还著有《黑马》等小小说专集,另有70余篇作品被《小小说选刊》《读者》《小说选刊》等转载。因为常年的文学积累,也因为写作过程中的随心所欲,他的小小说作品常常给人文笔老到的感觉,让人耳目一新。

李培俊的家乡在乔楼镇丁店村(原名为湖桥村),虽然他只在那里生活了短短十几年就参军到了大西北,但家乡的山水风物、故土人情,还是在他的生命版图上留下了深深的烙印。“明朝以前，我们村叫作湖桥村。村名不错，虽没有烟波浩渺的湖水，却有一条叫作索河的小溪穿村而过。小溪明净、深邃、清澈，鱼游虾跃，是极好的去处。晚间躺在简陋的木床上，隐隐约约，听得见溪水哗啦啦的欢叫，催人酣然入梦，使人迷醉不醒，徜徉在一种如梦似幻的幸福之中。”

读李培俊的小小说，湖桥村三字总会不时在文中出现。在湖桥村，不管是须发皆白的老翁，风华正茂的青壮，还是含苞欲放的闺女，抓髻小丫、黄口稚儿……不论丑俊，不论贫富，不论贵贱，他们的一言一行，一颦一笑，都体现了乡村独有的幽默，都潜藏着一个个鲜活灵动的故事。那些便是李培俊取之不尽、用之不竭的素材宝库。为湖桥村的父老乡亲著书立传，描摹湖桥村的百姓人生，李培俊最初走上文学之路，就是因为怀揣着这样一腔浓烈的赤子情怀。

《橘子》是李培俊小小说作品中的一篇佳作，曾数次被选入中考、高考阅读试题题库。此篇作品讲述的故事并不甚曲折离奇，一个被警方通缉的逃犯，在经历了连续的逃亡生活之后，走投无路，饥渴交加，一个善良的卖橘子的小贩无偿赠送给他一只橘子，这无异于雪中送炭，不但缓解了逃犯的生理饥饿，也缓缓化解了逃犯心间的冰冻。逃犯停止了自己的逃匿生活，给卖橘子的小贩带来两万元的悬赏金，作为他对那一个橘子的真诚回报。一个小小的橘子，一个善意的举动，感化了一个僵死的灵魂，故事却并未在此时结束，逃犯在后来的劳改中勇敢冲向失火的储油仓库，救出狱友，自己却终生残疾，他的牢狱生涯也因此提前结束。他再度出现在小商贩摊位前，迎接他的是小摊主的妻子，那位摊主已经离世，那两万元的悬赏金分文未动地又送到他的手里——作为他重获新生之后的谋生资金。至此，一位平民小摊贩的高大形象才完全跃然纸上，一份人间真情再次给读者带来心灵的震撼。能构思出如此缜密的故事，非有高超的技艺不可；能用文字刻画出如此深刻的人性，非有丰厚的人生阅历不可。其文其事味如橘子之酸甜沁心，令人阅后百感交集，在这里，作品因为这一念善良延续的结局，主题陡然升华，有了思想高度和深度。

李培俊不失为现实主义作家，领略过他笔下的人性关怀尺度便可见一斑。《谎言如诗》亦是描写死囚犯的孩子，死囚犯死期临近，心中的良知却未泯灭，渴望在临刑前再见一见妻儿。为了圆他人生最后一个愿望，善良的狱警费尽苦心。死囚犯临刑日，他的妻子抱着怀中小儿准时出现在现场，死囚犯含笑走向人生的终点。那却是一个美丽的谎言，死囚犯的女儿早已胎死腹中，妻子怀中抱的是狱警刚满月的孙女。作品中所透露出的人性关怀让人感动，而作品结尾处最后的亲情慰藉撼动了死囚的心灵。作品构思巧妙，情感细腻真实，于不动声色的平静叙述中完成对主题的升华，不显山露水，却力透纸背。

我颇为欣赏的《雪地上的鲜花》,同样是一篇小小说佳作。作品没有刻意交代故事发生的背景,开门见山,直奔主题:“于山没想到,他和徒弟金娃会在这里见面。”简单开头,悬念即起。一户人家为老人庆生,请了两个唢呐班子前去助兴,言下之意,不言自明,是要两个班子摆开擂台进行一番厮杀。师徒恩情,现实生活的艰辛残酷,两股力量在师徒二人的心里纠结。那方小小的舞台,成了师徒二人的战场,二人忍受着内心的矛盾与痛苦,使尽浑身解数,都想在技艺上盖过对方。那是一个精彩的过程,对那些前来欣赏唢呐表演的人来说,那又是一场没有硝烟的生死博弈。故事的最后,徒弟为胜过师傅使出绝活——鼻吹,那是一种极伤身体的吹法,“于山曾经告诫他,不到万不得已绝不可用,时间稍长,人会因气竭而累倒,艺术生命也就随之终结”。徒弟最终口吐鲜血倒在雪地上,师傅也将伴随自己三十余年的唢呐置于脚下,慢慢踩扁,在雪地上留下一串歪扭踉跄的脚印……这是一篇读来让人荡气回肠又黯然神伤的小小说作品,作品语言简洁有力,人物形象真实饱满。其中对师徒二人的心理描写尤其细腻。整篇作品的布局构思也十分巧妙,两位民间艺人的技艺博弈描写得相当精彩,读罢掩卷,一声长叹息:人生啊人生。

李培俊作品中的市井人物多源于真实生活,人物形象朴素，于平庸生活中挖掘最可能被人们忽略的点滴触动。譬如《父亲李向阳》中的人物父亲和《詹白衣》中的詹白衣，都是生活中最普通最真实的人物。为平凡人物立传，没有轰轰烈烈的事迹，只有细水长流般的琐事，看似细碎的生活片段却折射出一个人的一生，是一个时代的缩影，看上去轻描淡写的文字却浸透着人生岁月的无限沧桑。

《父亲李向阳》中的主人公一生古板直正，当生产队长时每天清晨的敲钟，似乎都被其演化成了一种郑重的仪式。随着岁月的流逝，加之后来的分田到户，父亲在接受自身衰老的同时，还要接纳时代变迁所带来的思想冲击。而村里那口老钟即便早已不在，不绝如缕的钟声依然萦绕在父亲的心中。《詹白衣》中的主人公卖肉不用秤，不用杆秤，也不用电子秤。面对混吃混喝的街痞子的故意找茬，詹白衣不畏不惧，刀下分毫不让。面对鳏寡孤独的街坊，詹白衣刀下留情，暗中相助。后来儿子继承了詹白衣的衣钵，卖肉也不用秤。不是儿子不想用，是詹白衣不让用。詹白衣的那把刀子是秤，那双眼睛是秤，其实那颗心才是真正的秤。

我编选小小说杂志二十余载，读过的小小说作品数以十万篇计。那些小小说佳作，有重语言的，有重人物的，有重故事的，有擅长哲理思辨的，有喜欢结尾抖包袱的，有喜欢余味悠长的……究竟什么样的小小说作品才算是上乘佳作，其实并没有严格固定的模式或标准。李培俊的小小说，构思朴拙却内藏玄机，语言平实却精练准确，叙述似娓娓道来，透出从容淡定的姿态。尤其善于人物刻画，文笔细腻，情绪、心理描写拿捏有度，人物跃然纸上。用心在生活里进行深度挖掘，品咂小人物的百味人生，李培俊颇有大智若愚、举重若轻的写作功力。

荥阳是历代兵家必争之地：春秋时晋楚争霸，曾大战于此；吴广战秦死于荥阳；三国时有名的“三英战吕布”，唐初秦王李世民的“虎牢之战”等，都发生在荥阳。荥阳也是诗歌的发祥地之一。《诗经》的《郑风》和《小雅》，有诸多篇章都描述了荥阳的风土人情。大诗人王维、李白、白居易、韩愈、柳宗元、杜甫等都在荥阳留下足迹，中唐诗人刘禹锡和晚唐诗人李商隐都长眠于荥阳檀山原。

一方水土孕育一方人。李培俊在一篇随笔里写道：“后来，我慢慢‘走’出了湖桥村，我嫌那个依然散发着猪粪、鸡屎味的小村太憋闷，憋屈得有点喘不过气。于是，我‘走’进县城、‘走’进省城，‘走’进官员、办事员、商贩、警察、老师的内心，‘走’进他们的日常生活，或褒或贬，或抑或扬，尽己所能，让他们‘走’进文学这块自留地。真正跳出了湖桥村，我豁然觉得：原来，世界并非如湖桥那么狭小，竟是如此之大，大得有些吓人，有些无所适从。那么，只好埋下头来，细细品味湖桥以外的人,湖桥以外的事。但有一点可以肯定,如果有谁让我忘记或者抛弃那个湖桥,我肯定跟谁急!”

我亦信然。

申剑:开掘人物的复杂情感

《猫王》是一篇充满了想象的作品。申剑从一只猫入手,从它做猫王那一天开始,处心积虑,收服花狸猫,在群猫面前演悲情戏,打败群鼠,安抚伤猫,胁迫粮仓总管,到最后用一个名誉猫王的空头支票彻底打败了前任猫王,"猫王摆摆蓬松的尾巴,嘴角抿成了弯月。他知道,直到此刻,自己这个王才算当稳当了"。在这篇带有魔幻现实主义色彩的小小说里,猫和老鼠可以是敌人,也可以是互相利用的朋友;猫和仓库管理员可以是雇佣的关系,也可以是猫王做王的力量较量中的对手;猫王与前任猫王,可以是制约的关系,也可以是"兄弟"关系……每一种关系中的身份转换,都显示了猫王在权力斗争中的手段,无所不用其极。实际上,《猫王》写的是猫,我们看到的是人,是处于权力斗争中的人的种种手段。《猫王》写得极具张力,内涵深刻,所以可以成为经典。

《吕雉和刘邦》《楚霸王之死》《寒窑十八载》这三篇是申剑细腻情感刻画的代表作。同样是历史题材的小小说，但申剑从人物之间复杂、微妙的情感入手，塑造了不同的吕雉、刘邦、虞姬、楚霸王、王宝钏等人物形象。她善于发现和挖掘人性中复杂的一面，尤其是男女对待生死、天下、情感的不同理解和表现，从而开掘出不同于习惯认知的人物的另一面。

在《吕雉和刘邦》这篇小小说中，申剑从刘邦被围切入，描写了在生死关头刘邦与吕雉截然不同的表现，刘邦一筹莫展，吕雉为他出谋划策，但条件是得天下后，要立她为后，并休了戚夫人。为了逃命，刘邦答应了。在出逃途中，面对楚军的追兵，刘邦把吕雉踢下了马车，他绝尘而去。刘邦要的是天下，而吕雉要的是她的男人，她可以为了刘邦做一切事情，但不能容忍刘邦那样对她。于是，当刘邦死了，吕雉掌权，她“杀刘邦宠妃，诛刘邦子孙，掌刘氏天下”。这是一个女人将最浓烈的爱无奈化成最深刻的仇恨，用恨来爱。在这篇小小说里，我们看到的是一个大气、痴情的吕雉，而不是世人嘴里蛇蝎心肠的狠毒妇人。申剑的这篇历史小小说，从一个全新的角度，为我们提供了一个认知刘邦和吕雉的侧面，尽管这只是小说。

同样，在《寒窑十八载》中，申剑塑造的王宝钏也是一个痴情的悲剧人物形象。她在寒窑中苦等丈夫薛平贵十八年，丈夫拜相封侯，带着车马随从来接她，但又怕她感情生变，用了种种方式试探，到最后，发现这个头发花白、皮肤松弛的女人依然是他痴情、专情的妻子，他们深情相拥。然而，就像大团圆永远不是故事的结局一样，王宝钏虽苦尽甘来，紧随其后的却是另一种悲痛。如果说十八年的等待是因为心里有着对丈夫的深深思念，那么团圆后，她的思念就碎成了片，化成了灰。因为丈夫已经娶了代战公主为妾，而且马上就要临盆。思念中的丈夫是她一个人的，身边的丈夫却不是。一个妻的位置，远远不足以弥补她十八年的寒窑苦等，还有十八年的思念。十八天后，王宝钏死于王府，她的委屈、不甘、伤心、绝望，都凝结在了这十八天里，可谓度日如年。

在这两篇小小说里，申剑塑造的女性都是痴情的，不同的是，吕雉因爱而恨，王宝钏因爱而逝。这两个女性人物形象都是令人感慨和同情的，刘邦和薛平贵这两个男性人物形象就显得自私、狡诈，缺乏坦坦荡荡的正气。这也许是申剑作为女性作家，对女性人物自然的同情和怜惜。

在《楚霸王之死》中，我们终于看到了一个胸怀坦荡、为天下苍生着想、为自己女人着想的楚霸王形象。同样在生死关头，刘邦把吕雉踢下马车，楚霸王要带着虞姬突围。乌江前，面对前来迎接的老翁，为了天下苍生，楚霸王选择了一死，甚至他的乌骓马也投江而死。读这篇小小说，读者看到的是一个霸气、有担当的男人形象，这也是作者理想中的男性形象。

呈现在这篇小小说里的男女情感关系变得简单，虞姬为了不拖累楚霸王拔剑自刎，楚霸王"从地上拈起那把荆棘梳子，轻轻地把虞姬的头发给梳整齐了才离开帐篷，迎向一望无际的汉军"。

申剑的情感小小说除了写两性关系中的情感，还从一个大的角度和视野，写人本身的种种情感，比如在《许老的的确良衬衫》中，写的就是小许到老许到许老漫长的人生旅途中，对一件的确良衬衫的梦想，最后他却依然未能如愿。

申剑善于挖掘人性中一些情感的细节，并从历史题材中找到新的切入点，用她细腻的笔触将各种复杂的情感刻画得淋漓尽致，可谓别具一格。

赵文辉:乡土文学的原生态之美

豫北新乡古称牧野之地。有山、有水、有平川,尽占天然之优势,民风淳厚,文脉鼎盛。《诗经》中的《卫风》就诞生在此。我国古代的第一位女诗人——许穆夫人就是卫辉人。当代新乡籍的小说家刘震云、侯钰鑫、安庆等,诗人王绶青、李洪程、王斯平、冯杰、刘德亮、李山、小葱、范蓉、王保有等,散文家郭振亚、周士君、刘吉同、雷长风、李辉等,当然也包括不可忽略的朝气蓬勃的"小小说作家群"范子平、田双伶、赵长春、张玉玲、刘志学、原上秋、苏景义、杜毅文、郑俊虎等,他们共同续写着今天新乡文坛的崭新篇章。

历来的人文荟萃之地,必有长袖善舞者。赵文辉土生土长在苏门山下,浑身浸透着豫北人的大气与精明。他自 1989 年开始发表作品,现已出版中短篇、小小说作品集多部,他的"豫北乡下"系列构成了"地域小小说"写作的典范。有人评价说,赵文辉“艺术而本色地勾勒出豫北乡村具有典型性的人物形象;原汁原味地呈现豫北乡下具有独特地域特点的风俗人情,并充满激情地赞美了豫北人古道热肠的人性之美”。

读罢赵文辉《黑羊白汤》,掩卷沉思,觉得蛮有意思。豫北风情中的方言俚语,餐饮人的经营之路,一碗羊肉汤的故事,让人百感丛生。先前作者写过“豫北乡下”系列,《刨树》《乡村恋爱方式》《借鱼》《酒风》等,地域性的语言表达和人物特点,略显夸张的描写,趣味浓郁,惟妙惟肖,令人忍俊不禁,给人留下深刻印象。

作者近些年下海闯荡,在当地餐饮业搞得风生水起,风里雨里一路下来,想必是甘苦自知。“食色,性也”,世俗中与“食”相关的平凡世界,烟火味儿最浓,人性也裸露着本真。身为作家,有话要说,不吐不快,于是开启了小小说“餐饮人”系列写作,把笔触从乡下伸向了城里的酒楼餐馆。《黑羊白汤》只是其中的一篇,一碗羊肉汤,盛满了酸甜苦辣的人生。

该文依旧弥漫着豫北中原的地道风味儿,话风机敏灵动,人物真实可信。但我更喜欢《黑羊白汤》的结构。本文的故事结构与唐代白居易的名诗《琵琶行》有异曲同工之妙。听歌女弹唱的身世遭遇,勾起了诗人官场失意的心事;《黑羊白汤》中,当年的餐饮人目睹了今天餐饮人的窘境,一种感同身受的同情与无奈,产生了共鸣,可谓是“同为天涯沦落人,相逢何必曾相识”。这种第一人称的叙述方式,耳闻目睹,置身其中,显得真实可信,艺术感染力极强。

《黑羊白汤》的主人公曾开饺子馆五年,转让后常会去小餐馆反刍往昔的生存况味,也是人之常情。无意中看到了类似泼皮吃霸王餐的一幕,面前熟悉的场景、台词和人物戏份,都在意料之中,就像看一场久违的纪实电影,无端想起当年自个儿开餐馆的种种艰辛。不同的是,当年自己是主演,今天自己是看客,人不同事同,不禁惆怅不已。“座中泣下谁最多?江州司马青衫湿。”一场闹剧好歹总算谢幕了,同来的老婆,当年曾经的老板娘,再也按捺不住莫名的情绪,当一桌客人喊服务员要开水时,立即回应:“嗯,来了。”

这一声是神来之笔,有裂帛之效,是全篇的文眼,也是完美收官的落子。“她的腿像装了弹簧一样跳起来,拎起我们桌上那壶开水飞奔而去。”那个慢了半拍的服务员和一众人等瞪大了眼睛。此时的角色换位与代入,将两层皮瞬间揉为一体,显得天衣无缝,恰到好处,让人物从戏外走进了戏里,一个精彩亮相,不仅让读者一直揪紧的心放松下来,而且于这黑色幽默的一幕中,尽显出餐饮人之间的古道热肠。

另外值得一提的是,因作者也是餐饮人的缘故,写起同道的举手投足以及食材、料理等专业常识,精致到位,显得得心应手,描写时一丝不苟,连颜色和形状都一一逼真地呈现出来。比如写工序与味道，比如写泼皮赖账的伎俩与套路，如闻其声，如啖其味，如在现场面临驳乱的人影。

《刨树》历来被认为是赵文辉的小小说代表作。冷雪天，外地刨树汉形单影只，饥寒交加，村里一男人不动声色地给予关照。细读之下，这篇千把字的作品的确传导出诸多信息。太平年代，黄河故道民风中那种侠肝义胆、豪气干云的遗风，通过男人女人和刨树汉的一系列对话、眼神和细微动作变化，以一种近乎琐屑的方式透视出普通民众世俗交流时的仁义、纯朴、憨厚的特质，寥寥数语，尽得风流。请看《刨树》中的描写："过了几天，两个汉子果真来了。在院子里点下一堆火，拣从榆树上卸下来的几根大树杈放上熏，熏软了开始拗。他们还带了钉子和扒角，拗过了又钉一阵，一对新崭崭的小椅子放在了男人和媳妇面前。小椅子模样很乖，像两个穿了新衣裳准备过年的娃娃一样。"

作者巧于构思，人物形象令人忍俊不禁，是典型的幽默作品。在小小说作家队伍里，能写出诙谐、调侃风格的似不多见。因为幽默是一种旁逸斜出的智慧，是一种别出心裁的聪明，是一种自嘲式的人格自信。文辉深得传统文化熏陶，明了小说写作之个中三昧。虽然会把故事编排得一波三折、曲径通幽，但在塑造人物形象、表现人物个性时从不含糊。那种白描手段用得极其高明，从不着意刻画人物肖像、年龄甚至出身等，而是通过对言谈举止等动态的简洁描述，让人物鲜活地呈现出各自的本来面目。

在赵文辉笔下，这个叫付庄的地方是虚拟的。然而我们通过《酒风》《卖牛》《七能人》《九月授衣》《刘棉花》《菊妞》《瞧戏》等篇章，会感到他们身上所携带的原生态之美，那种无时无刻不在弥漫着的生存真实，让我们感同身受。张木匠、王铁嘴、三菊、大驴、张棉花等，驳杂的乡人纷至沓来；蒸红薯、蔓菁稀饭、地锅煎饼、小菜、土酒、绿豆粥、糊涂面条等扑入眼帘，让人满心乡野芬芳；家长里短、针头线脑、鸡鸣狗叫不绝于耳，世俗烟火味儿萦绕身边。

请看《乡村恋爱方式》中的描写："两人选一片草地坐下，草很绿也很干净，有一根钻进小艳衣裳里，痒痒的，怪舒服。小艳问：'喷点啥？'小亮不接话，盯着小艳看，先盯脸又往下边移，很放肆。小艳恼了，站起身就走。小亮一把拽住她，说：'开始喷，开始喷，喷咱小时候的事吧。'"

又如《看庄稼》："龙枝临走甩下一句话：'俺回家给你俩摊小鏊馍吃。'小齐国庆一直转到后半夜，露水越下越重。俩人钻进草棚避湿气，开始讲故事，你一个我一个，讲着讲着都迷糊着了。他俩醒来时天色将明，首先闻到满棚馍香。一看，恁厚一摞小鏊馍，用笼布包着，还温温乎乎呢。"

我以为，由人物带出故事的是小说，由故事而引出人物的为故事。赵文辉极会写人物，无论怎么讲故事，都会由人物活动来设置情节。加上成功地点缀某些地域方言或口语，加上插科打诨和形象而俏皮的比喻，又为作品的阅读提供了极大的趣味性。正是这种貌似随手拈来实则精心选择的细腻活计，才能把作者的乡土情怀、乡土爱怜像春雨潜行般悄然植入作品的深处，令人反刍。

一篇成功的小小说作品，显示了作家在创作上的高度，而众多有代表性作品的批量涌现，则构成了作家写作的厚度。赵文辉的豫北乡下小小说系列写作成功的奥秘还在于，从单篇上看，都不失独立和精致，但将数篇束成一组，依然相互纠结缠绕，顿有中篇小说的效果。假若一本书通读下来，则像一部长篇小说一样枝干疏朗，叶叶分明。适度的空气能使鸡蛋孵出小鸡，肥沃的土壤能催生良木长成大树。

在当代小小说领域，赵文辉的豫北乡下系列作品，以独特的艺术视角和表现力备受称道，被选入多种精华本并获得全国小小说优秀作品奖，曾获河南省文学奖、杜甫文学奖、冰心儿童图书奖、小小说金麻雀奖等，也身兼河南省小小说学会副会长、新乡市作协主席等。生活中的赵文辉和他笔下的人物一样，有辛酸和甘甜，更有诚笃善良和仁义坚韧。餐馆与文学，物质与精神。身在商海心系文坛，一心尚能兼顾两用，亦算奇人也。

非花非雾:沐浴着爱与理想的光泽

非花非雾对小说、诗歌、散文、摄影等领域皆有涉猎,一经接触小小说,便迷恋上这一精短的表达形式,焕发出空前的创作热情。学无先后,达者为先,所谓文艺之道,千古者不囿时空,常品常新;趋时者得意一时,史传不评。写作者创作出一篇好作品易,长期保持高水平则难,贵在严格要求自己。

非花非雾以"梅"字开头的传奇类小小说,均以花容月貌、才情过人的女子为主角,追求一种凄美的境界和坎坷的命运归宿。一篇《梅品》令人刮目相看。该文氤氲可触摸的传统文化味儿,虽属旧时题材,却摒弃了腐朽之气,未在掉书袋上走极端,把两位标新立异的女子刻画得清新脱俗、暗香盈袖。作者用细腻雅致的文笔,对人物的言谈举止描绘得丰满传神。《梅品》故事曲折,叙述上有条不紊,伏笔、照应、言情、状物娓娓道来,让人有身临其境之感。一种精神从字里行间蒸腾出来，熏染着读者心灵。

“闻弦歌而知雅意”，作者天生具有浪漫气质，面对一道山涧小溪能浅吟低唱，聆听一曲抒情小调能翩翩起舞。同样，一段徘徊于人间的感情波澜，能让作者演绎出一段缠绵悱恻的爱情故事。诗意流淌，情字当头，这就是非花非雾的小小说创作基调。曾有人说：“诗人感而后思，思而后积，积而后满，满而后作。”非花非雾的小说，是可以当诗来读的。她并不注重小小说的情节密度和故事合理性，也不在意情节线索的中断与否，而是用感情的主线连缀全篇。

代表作《蝴蝶哭了》充分体现出这种创作风格。女大学生瑞在校园里发生了一段朦胧的情感波动，她悄悄喜欢上了一个性格文静、痴迷于研究昆虫的男同学。严格来说，这甚至称不上初恋，他和她的对话，从来就没有离开过蝴蝶这个话题。毕业以后，那个叫培智的男同学去了云南大理，而她只身到了深圳，天各一方。她有了一个令人满意的香港恋人，于是，她发短信告诉培智，而他的回复是，蝴蝶哭了。这句话的内涵何等丰富，你甚至无法想象，在云南大理的密林里从事昆虫研究的男主人公那超凡脱俗的内心世界和表达方式。当女主人公回家乡办理结婚证明的时候，听说培智死了，为保护一只稀世大蝴蝶而坠崖——“蝴蝶哭了”这句话具有了生命意义的升华。在这篇作品中，所有的情节进展随着培智的死戛然而止。

事实上，读者也并不关心女主角的情感落点，转而探究男主角的生命价值和感情价值。“大理三月好风光，蝴蝶泉边好梳妆……”但现在由于种种原因，蝴蝶已难觅踪影，一年一度的大理蝴蝶会也盛况不再。我们终于理解了“蝴蝶哭了”的真意，以及一个男孩子的高尚情操。

非花非雾热衷于对人性美的发现和开掘，用敏锐的笔触去采撷普通人身上蕴藏的人性和人情中美好的素质，予以浓缩和提炼，美化和净化。她的《墨晶心》发表后，受到了读者的广泛好评。《毛主席像纪念牌下》《有事没事打个电话》《到大城市去做平民》等均从平凡人、平凡事中挖掘闪光点，在一个个剪裁得朴素自然的生活层面里，非花非雾所憧憬的温暖的人情风味，已提炼到富有诗意的地步，使我们感受到暖意。《刀客之死》讲述传奇故事，在一个刀客行将就木的一瞬间着墨，勾勒出旧时代中这类特殊人群的生存基础，其笔法诗意和诡异兼备，显得颇耐人寻味。

《寻找余秋雨》写得很有意思。当代文坛的余秋雨是著名学者，他那儒雅的风度、漂亮的散文以及与著名黄梅戏演员马兰的爱情佳话，为许多知识女性所关注。在非花非雾这篇作品里，“余秋雨”成了女性话语中的一个象征，一个符号。女主角、美丽高雅的教师梅黄在爱情失落时感叹：“我要能遇到我的余秋雨，我这辈子就别无所求了。”一声幽幽的叹息，引得听到的女子都在想，自己是不是也该找找自己的余秋雨。然而随着情节的进展，女人们终于深刻地认识到了，就连清高不俗的知识女性梅黄都无奈地回归了家庭，可见“余秋雨”终究是个缥缈虚无的“情结”而已。生活是现实主义教科书，还是回到现实，脚踏实地尽力做好自己的本分吧。这种描写年轻女性感情的失意与渴求，而无奈地止步于现实的作品，题材虽然不新，但极易引起读者的共鸣和同情，所以颇有“读者缘”。

在非花非雾的笔下，写情感类题材是驾轻就熟，在这里，她追求的已不是表现人物性格的外向特点，而是更关注人物内心波澜。在她的小小说《海滨一醉》里，突出展示了作者善于表达女性内心世界缠绵纠葛和曲折起伏的写作才能。女教师佳眉相貌气质出众，但她发现老公被他公司那个矮胖的女下属吸引了，妒火烧心，在一次于海滨城市举办的教学研讨会上，因感情空虚迷上了一个男教师。一个“醉”字让她差一点越轨。当事双方都是有修养的知识分子，懂得“发乎情，止乎礼”的男女处世之道。一醉醒来，朗朗一笑，健康大方，天空还是那么晴朗，似乎什么也没有发生。佳眉甚至给丈夫打电话开起了玩笑，显示出年轻女性告别了惆怅惶惑、作茧自缚之后的轻松，写得如同现实生活的真实写照。

非花非雾小小说创作的题材可概括为“现实版”和“传奇版”，从取得的艺术成就和读者反响来看，“现实版”要高于“传奇版”。

田双伶：意象营造的魅力

虽然小小说因字数限制，总体上“属于大众化写作”的文本，但在人数众多的写作者中，依然不乏追求“精英化写作”的人，谢志强、陈毓、蔡楠、宗利华、司玉笙、田双伶、宋以柱等，虽为数不多，却灼人眼目。他们坚持或执着于对小小说艺术手段的调动使用上，譬如在文字的精炼、语言的质感、人物性格的刻画、情节设置的技巧等方面，显示出某种从不妥协、孜孜以求的态度，力求千锤百炼，表达准确，以质取胜，多少有点“阳春白雪”式的意味。

刘勰的《文心雕龙》把意象的创构与传达看成是“驭文之首术，谋篇之大端”，是创作的首要问题、构思的关键。特别是关于意象思想的构建学说，对后世的中国文论思想和历代文学大家的创作产生了重要影响。所谓意象，就是客观物象经过创作主体独特的情感活动而创造出来的一种艺术形象。简单地说就是借物抒情。言情状物，信手拈来，精彩纷呈。现当代小说作品中，作家们对各种意象的运用也是青睐有加，如张爱玲作品中的月亮，迟子建作品中的森林、河流与太阳，都堪称意象运用的经典。这些经典意象的运用，从不同侧面、不同角度丰富了作品的内涵意蕴，将小说的题旨传达得更为含蓄隽永，使人读来余味悠长，给读者留下了广阔的思索与欣赏空间。

小小说的文体特征所限，写作中不能像长、中篇那样一泻千里，千把字的尺幅之内，要做到文美意深，实非易事。选择一种合适的文学意象，且能运用得恰到好处，常常会收到事半功倍的效果。很显然，田双伶深谙此道。

纵观田双伶的小小说作品，其中的意象运用可谓精彩迭出，有一些，单从作品的题目就能窥见一斑，如《薄荷的邀请》《壁虎》《石头记》《凤凰眼》《亲密油条》《爱情鸦片》等。有些意象，在文中反复出现，如《科罗拉多的月光》中的月光，映照出的是两位沉溺爱情的年轻女子心中的苍凉；《学戏》中院子里那株美丽又寂寞的夹竹桃则映衬着苦命女子白兰花凄婉的命运；《传说》中爬满院墙的绿色藤蔓，稠密的叶子里露着一簇繁密的凌霄花，像一个女子心怀满腹沉甸甸的心事……五彩缤纷的意象，田双伶运用自如，为她的小小说增色不少。

《薄荷的邀请》是一篇讲述婚姻爱情经营之道的小小说，

小说中的女主人公是一位浪漫、有着几分小资情调的都市女子，喜欢在蔷薇或紫藤的花香里品茶读书，却不谙婚姻经营之道，屋子里有咖啡壶、料理机、面包机，却独独没有过日子的烟火气，她与爱人的感情也在那种缺少世俗烟火味的日子中渐行渐远。与她比邻而居的另一家却与他们家形成鲜明的对比，在女主人公的眼里，邻家主妇无疑是位浑身裹满俗气的女人，她穿着价格低廉的睡衣，在院子里忙来忙去，小院里种的有韭菜、小油菜、薄荷，绳子上晾着大人的和孩子的衣服，开饭时分，她家厨房叮当作响，飘出油盐葱花的香……与女主人公精致又寂寞的日子相比，那个小院里的一切都显得鲜活无比，溢满幸福的滋味。女主人公由最初的不屑，到慢慢心生羡慕，最终被那位热情的女邻居感染，也开始尝试下厨，做一个勤快的小妇人。男人的胃慢慢暖起来，他们被冰冻的感情也开始复苏。

立夏过了五六天，那人和她一起回到家里。她牵着那人的手去看邻家的园子，欢欣地指给他看，却惊奇地发现：邻家的薄荷，竟然不管不顾地，已经在她家的园子里恣意丛生，串了一大片。以前她曾经想，等它越过边界的时候，就毫不犹豫地将它拔除。可是，这绿叶舒展的薄荷，谁能拒绝得了它呢？

在这篇小小说中，作家巧妙利用薄荷这一意象，将婚姻幸福的真谛层层剥开，展现在读者面前。

《壁虎》同样是一篇讲述婚姻与爱情的小小说，文中的意象壁虎却成了恶心、屈辱、悲哀、绝望的代名词。男人有外遇，女人在自己的家里发现了第三者留存的气息，日子自此陷入一种难言的悲哀与绝望，女人却没有决心与那样的日子告别。直到某天，她在家里发现一只壁虎，惊慌中她与那只壁虎展开一场搏斗……那也是女人与自己的内心的一场博弈。最终，她彻底抛开那只隐藏在她心中的“壁虎”，拎起自己的提包离开了家，去开始一种新的生活。

像这类意象的巧妙运用，在田双伶的作品中俯拾即是。《石头记》中一块被男主人公误作山流水的普通玉佛手竟是一块上好的翡翠，而当年他随意就找个借口打发走的小户人家的女儿，多年后却成了青云香馆里一个真正会鉴赏玉石的人。何为玉，何为石，玉不骗人，人才骗人。错过一块好玉事小，错过一个好女人才是男人最大的遗憾。一块小小的玉石，寄予作家万般情思，读后让人心生怅然。

《科罗拉多的月光》是一篇弥漫着忧伤情绪的小小说作品，作品中两位为情所伤，又在苦苦等待爱情的年轻女子惺惺相惜，分享着对方的爱情故事里的喜怒哀乐。“我”捧着一杯彩云红，等着给“我”承诺的那个男人带我去看月光，他送了“我”彩云红的茶，给了“我”爱的期待与渴望，却自此淡出“我”的生命，只留月光下满地的苍凉。“我”的女友秦素素疯狂地爱上画家陆子文，陆子文告诉她，自己要去遥远的科罗拉多，只留给秦素素一首《科罗拉多的月光》和天上遥不可及的月亮。秦素素在科罗拉多的月光中如痴如狂地等待着陆子文归来，最终却发现那是一场冷漠的骗局。陆子文哪里也没去，他就在离秦素素不远的地方，漠然地看着她为他做的一切，最终只用一句“我没有让她等”就为自己做了极干净的开脱。

“秦素素不来的时候，或是下弦月，我会独自一人，泡上一杯彩云红，看着杯底红色的茶雾一丝丝一缕缕一团团地飘散开来。我喜欢不同的月亮，朦胧的光晕里，有云月、风月、花月。有一个人曾经陪着我，一起看山中的月，湖边的月，松下的月……可是，月亮依然在这里，那个人去了哪儿？”月亮下的思念。

“秦素素走后，月亮也走了。它躲进了云层，也许是云遮笼了它。就像一个害羞的女子，轻轻地依偎进爱人的怀里。对面楼里的灯光也一处处黯下去。我面前剩下一地寂寂的烟灰，和杯里渐渐凉去的残茶。我倒尽残茶，昏然睡去。”月亮下的寂寞与失望。

“向晚时分，又大又圆的月亮悬在空旷的夜空。明月照高楼，流光正徘徊。对面的灯光又亮起来。我想，该搬家了。”月亮下的清醒与回转。

在这篇作品中，月亮是一个极为重要的意象，始终贯穿全篇，在不同的场景中烘托人物不同的心理，使整篇作品笼罩着一层凄美与忧伤的气氛，缭绕不断，挥之不去。

写作时，单就情节安排、人物塑造而言，虽熔意文理通畅，裁辞文脉清晰，但缺少情采的文章，首先就减弱了文学应有的感染力。小小说因其篇幅所限，要求叙述周密而不繁杂，更需要熔裁提炼，去芜存精。熔裁说白了就是“炼”，一个“炼”字，形象地概括并体现出了创作的状态。田双伶在一篇随笔中，将自己的小小说创作过程比喻为炼蜜为丸的过程，这个比喻极符合她的创作心境。“在下笔之前，我总是扪心自问：你写的文章让人品味到什么？世间万事中那些鲜活生香让人清心宁神的‘草木花叶’，你会不会像神农尝百草一样采撷，再精心地将其‘炼蜜为丸’呢？”

善于营造并巧妙运用各种意象，使得田双伶的小小说读来犹如行云流水，美艳而不妖冶，华丽尚存朴实。曾有读者形容她的小小说，有美文之美，却有美文所不及的深厚，也算极为中肯的评价了。

中村:用文字镌刻思想

中村叫李海波,中村、老海,都是李海波的笔名。中村笔力雄健,机巧,他笔下的文字俨然是塑造人物的利器,娴熟地游刃于字里行间,有庖丁解牛般能耐,深剥细剔,在不动声色中把一个个作品的主题雕琢得格外鲜明。

小小说《政治家》不足千字,讲述了一个似乎和政治毫无干系的故事:少年躺在土炕上惬意纳凉,一只蝎子大摇大摆爬上炕,蝎子似乎没有注意到前方有阻碍,少年却看见了危险的逼近。少年有两种选择:要么把蝎子捏死,要么起身让道。少年既不想起身让开,又不想把蝎子捏死,毕竟蝎子也有生命,可是给蝎子让道又失了"人"的尊严。于是少年躬起腰身让蝎子从腰身下经过,却不料蝎子不识好歹、不明就里,于途中刺了少年一下。少年勃然大怒,继而用脊梁狠狠压死了蝎子。

少年和蝎子的故事,深入浅出地模拟了一场深刻透彻的权谋斗争，形象逼真地再现了“政治家”为人处世的态度和谋略。正如作者在一篇随笔中所言：“这个少年具备了成为（中国式）政治家的两大基本素质，一是小小年纪就有很强的原则性，也就是你不犯我，我不犯你。在我不会被侵犯的基础上，尽可能地与人为善（也可理解为笼络人心）。所以他能别出心裁地（也可以理解为灵活多智）为蝎子打开一条通道。可当蝎子侵犯了他，蝎子也就转变成了他的敌人和仇人，对敌人绝不能心慈手软，所以他用脊背‘竖挫横拧’，毫不留情，坚决干净、彻底、全面地予以消灭之（可正面理解为不怙息养奸，亦可反面理解为心狠手辣）。”

“尔后，政治家翻了一个身，又呼呼睡去。”这个结尾与题旨首尾相顾，寓意深长，实乃点睛之笔。

即使我们从纯粹的文学意义上去解读，也可以看出“文章题目”的重要性。题目是文章眼睛，既有“提纲挈领”之功，也有“顾左右言其他”之效。文如其人并非只是指文风而言，也泛指一个作家的某种素质通常会在文字叙述中，不知不觉地把自己的某种潜意识融入其中。

《高手》高，实在是高。作者讲述了一个市井式的“江湖故事”。剃头匠与彪形大汉模样的匪类相遇于荒山野岭，狭路相逢，斗智斗勇，言谈举止中，互相察言观色，较上了劲儿。被识破身份的大汉仗着一身匪气挑衅剃头匠，剃头匠不卑不亢地笑言:“剃头匠以剃头为天职,没有不敢剃的头,也没有什么头不敢剃。”话里有话,软中带硬,明里暗里,剑拔弩张,大有一触即发之势。

剃头匠手持剃刀嗖嗖生风,锋利的刀刃若即若离游走于大汉的脸颊、脖子。一套全活下来,大汉非常惬意这套民间绝活儿,欣然问价。剃头匠狮子大开口,要价二十五块大洋,大汉大吃一惊,质问剃头匠为何要如此高价?其实这一问,输赢已见分晓。作者并未把一个江湖故事停留在平铺直叙的俗套里,而是用一段精湛描写来表现答案,这种高明的叙事功夫,令人击节叹赏:

剃头匠将手中的剃刀往上一抛,剃刀在空中像风轮一样呼呼转了半天,落下时又轻轻接着。大汉看到那刀刃在阳光下闪闪发亮。

“你仔细想想看多不多吧?老弟。”剃头匠把玩着剃刀,侧脸笑眯眯地看着他。

大汉猛然幡醒。剃头匠已经知道了他的身份,也知道了他包裹里是什么东西。刚才剃头匠刮胡时,刀锋在自己的脖子上绕来绕去,如果剃头匠居心不良,只在脖子上轻轻那么划拉一下,自己就会一命呜呼,那自己包裹里那几百块大洋还不全是他的?在这杳无人烟的荒山野岭之上,剃头匠想杀他真是易如反掌。

大汉和剃头匠表面上似乎强弱分明，大汉恃强凌弱挑衅剃头匠，不料在剃头过程中，两人的角色悄然易位。大汉的一条性命游离于须臾可取人性命的剃刀下，生死几度却浑然不知。剃头匠身怀绝艺依然凭手艺谋生活，见人遇事低调隐忍，一身功夫不显山露水。江湖高手较量的是身手，也是生存处世的姿态。让江洋大盗心悦诚服地俯首称臣："大哥，你是高手！"剃头匠早年间是否也和大汉一样是江湖"夜行人"，只是如今他金盆洗手，去恶从善，自食其力（那套耍刀功夫就证明他原非"凡人"）。作者没有明写，给读者留下足够的想象空间。

中村的作品，即使写乡村风月，徘徊于情色题材的边缘，也能在俗世中摇曳着一种野趣的韵味，不失清新质朴的"原生态美"。《渡河》和《正午》，人物单一，几乎没有多少故事情节，从头到尾人物情绪蔓延，贯穿全文，可见作者娴熟传神的描写功力，以及对人性思维的深度了解。

《渡河》的裸露，与情色无关，单纯纯朴。红衣女子要过河去镇上卖鸡蛋，渡人过河的汉子随即脱去衣服，女子侧过脸去，汉子脱了上衣，又脱了下衣。汉子没有穿内裤，上下衣服脱了就成了裸体。汉子把衣服团巴团巴放在河边的草丛上，蹲下身去，也不看那红衣女子，只说："好了，来吧。"红衣女子走到汉子身后，趴在汉子宽厚的肩背上，双手勾住汉子的脖子。汉子双手向后一抄，稳稳地托住了红衣女子厚实的臀部，一用力，就站起来了。

汉子脱衣背负红衣女子过河的"桥段"，作者写得从容，作品人物表现淡然，读者读来却倍感意外，引发猜想。裸体的汉子此时只是渡人过河的载体，裸体只是为了减少在水中的阻力，抑或怕湿了衣服。渡人过河是谋生活的一种劳动方式，是用劳动换取报酬，这里的裸体没有色情。红衣女子过河后，说鸡蛋还没卖，没有钱，用五个鸡蛋当费用，汉子坚持要三个鸡蛋即可。这个时候，似乎又能感觉到一种人情味。渡河结束，汉子回到对岸，穿上衣服消失不见，红衣女子沿着曲曲弯弯的小道远去。文章结束了，人物走远了，韵味留下了。

《渡河》给我们感受的是一种静肃的大美，大山、河流、山花、小鸟，这些自然元素本身就是人间最朴素的大美。而人物的出现，似乎介于情色之间，却又规矩地止于伦理的淫秽之前，女子矜持和汉子的克制让一次世俗中可能发生"故事"的渡河消弭于无，他们的渡河实则是渡情色之河，渡过了河，同时也守住了道德底线。这是一种性感的健康之美。作者用极简的描写为我们展示的是一幅幅至情唯美的电影画面。

中村的《带路》，讲述了一个人想热心带路却被他人质疑，不但拒绝帮助，甚至唯恐躲之不及。他人的质疑显然是不信任素不相识的带路人，为什么平白无故要带路？是好心还是动机不纯？人类毕竟是社会生活的一分子，当一份善意被冠以问号，当彼此的不信任达到了一定程度，那么人与人之间的信任缺失不再仅仅是个体问题，而是上升到了社会问题。平淡的带路小事不平淡，以点带面，言近旨远。作者用貌似轻松活泼的语言为我们揭示的是当下社会人和人之间信任严重缺失的沉重话题。

《蓝山》是一个写得非常有意境的作品。蓝山作为人物的理想化身，代表着外面世界的诱惑，而蓝山的褪色，则暗示理想中的世界其实并没有想象中美好，而现实与想象的差异来自事物的本身，也来自我们不断更新的认知。

后来，男主人公长大了，他终于走到了那蓝山的后面。

其实他觉得他永远也没有到达蓝山。因为他向蓝山走去的时候，蓝山慢慢地不蓝了，慢慢地变成了和他家乡的山岭差不多的模样，土黄色。上面也有树，有花，有草。只不过比家乡的山更高了些。

乡村少年被山外世界诱惑，一步步走出大山，走进山外的世界，三十载后再回家乡，物是人非，似乎只有最初的记忆才是最真实的，似乎只有最初的生活才是最想要的生活。那么，曾经追求的又是什么？当一个人有了阅历，开始质疑曾经的追求，或许是人生中最沧桑的一种经历吧。

《蓝山》是理想的化身,《蓝山》是对原始自然的呼唤,《蓝山》是对儿时生活的无尽怀念。《蓝山》也是一种大美,这大美里又透出了一个赤子的惆怅和乡愁。

金光:平实之中见功力

在庞大的小小说写作群里,有这样一批实力派作家正行走在路上:他们虽未达到创作上的巅峰状态,头上暂时还没有笼罩着耀眼的光环,但由于他们笔耕不辍、埋头耕耘,作品质量稳定,实际上已成为小小说创作队伍里的中坚力量。

三门峡市的金光自然也应在其中。

数年前,金光出手便写出小小说佳作《山乡的五月》,不久还以此篇为书名出版了小小说专著。《山乡的五月》相继获得《百花园》年度“读者推荐奖”和郑州小小说学会优秀作品集奖,在读者中产生了一定影响。这些荣誉虽未给作者带来大红大紫的效应,却极大地鼓舞了作者对小小说写作的热情,并以此奠定了坚持以“新闻视野”的现实主义题材创作的基调。

生活对于那些眷顾它的人是厚爱的。辽阔的豫西大地,丘陵与旷野交错衔接,历史与传奇引人入胜,沉甸甸的文化底蕴，浓郁的乡野风物人情，加上跌宕起伏的当代生活变迁，复杂纠葛的人性心态，成为金光取之不尽、用之不竭的创作源泉。一篇篇千把字的小小说，像峦林遮掩的山间小溪，一路吟唱着或高亢或沉郁或轻灵的天籁之音。重读《山乡的五月》，依然能感受到作者对于土地的眷恋之情。主人公根西血气方刚，他毫无顾忌地到城市淘金了。因化工厂减员，根西只能落魄而返。父辈和生养过他的土地敞开宽大的胸怀，接纳了曾经弃它而去的浪子。或许根西会在历练、思考中日渐醒悟、浴火重生，再次接受新生活的挑战，而眼下，他只能像古希腊的大力神海格力斯一样，在土地母亲的怀抱里抚平伤痕，积蓄力量。作者的这种朴素认识具备传统的人性和美德：土地给予人类的慷慨馈赠，不仅在于能解决温饱问题，还在于它所衍生出的历史文化传承、滋润、改变着人类精神的质地。

《也许你能当上县长》诠释了“滴水之恩，涌泉相报”的现代含义。少年强子因生活窘迫即将辍学之际，三德老汉慷慨解囊资助他继续读书，并说了一句足以成为他一生动力的话：“我看你娃聪明，将来也许你能当县长哩。”强子大学毕业数年后果真当上了县长。强子厚报三德老汉的举措，是上任后随即巡查全县的贫困生辍学情况，并拨专项资金解决贫困生读书难的问题。这和以往那些局限于个人之间的报恩故事不同，它将当代青年的胸襟视野升华到了一个新的境界。

金光的小说语言清新质朴，在平实中见功力。刻画人物简洁到位，对话饶有情趣，毫无滞涩之感。难得的是作者所选择的创作环境和作品的语境融为一体，地域特色和人物言行各呈其彩。然而从另一种角度来说，即使作者长期这样写作，依然还不能称其为真正意义上的一流高手。因为这只是平面思维创造出来的作品，还是缺少了一些更具深刻内涵的指向。我一直认为，知识分子的可贵在于他们具有独立思考的能力，坚持对社会的批判意识和对生存的质疑姿态。所以作品只有把深刻遒劲的触须张扬开来，立体地、多维地看待和挖掘那些更具普遍意义的"热点"问题，才能体现出一个作家的良知和勇于担当的责任感。

近期，金光对社会问题给予了特别关注，其作品在思想性上渐露锋芒，引起各界读者的关注。《典型》塑造了一个善于钻营、取巧的林业局局长，得知属下中有一护林员几十年在山里积劳成疾，现已在病榻上抢救，局长立即指派得力人手整理出护林员的先进材料上报，并亲自率队到全省本系统内巡回演讲三个月，博得名声大噪。而具有讽刺意味的是，在演讲团凯旋之时，那位护林员在病床上孤独地死去，身边并无单位的任何人在场。形象工程、形式主义、虚假作风等，在当下的干部队伍里可谓屡见不鲜，这一"典型"之于针砭时弊是有现实意义的。

《龙潭》鞭挞的是短视、功利的小农意识，属于对国民劣根性的批判。一泓清泉在山脚下注成深潭流至村边，使这个偏僻的小村庄林木葱茏，地灵人杰。村里两位无知青壮忽然发现潭里竟有水獭出没，在用炸药猎取时致使碎石堵塞了泉眼，迫使泉水改道流向其他村落。以一水獭皮的蝇头小利，给自己居住的家园带来万劫不复的灾难，这是何等的自私自利和狭隘愚昧。古往今来的天灾肆虐和人类对自身的戕害，已经使稀疏的林中缺少鸟啼兽吼虫鸣，成片缩减的水域只见污浊杂物透出恶臭。倘若这些生死相依的生物链日渐脱节，今后的世界该是多么寡淡无味、凄惨悲凉。试看我们周围，人的脚步所到之处，一朵朵鲜花被掐到瓶里了，一块块奇石被移到宅院了，一坨坨老树根被刨去做茶桌、棋盘和根雕了。山的灵性和水的韵律还会呈现吗？大自然里还有什么美景令我们驻足呢？

《村民张大吹》的故事耐人寻味，这种辛辣的批判意识直指那些"不作为"的管理者。村民张大吹平时说话不着天不着地的，却深得乡领导的青睐。为什么呢，因为"他被安排在乡政府办公室工作，专门负责上级的检查验收工作。这样，水利检查组来了，他汇报水利工作；烟叶管理检查组来了，他又汇报烟叶生产。张大吹成了乡里的红人。一年不到，乡里的工作就有了起色，一口气拿了七个全县第一。年底，乡里除了发足他的工资外，又奖励了他3000元，还让他填表，上报为乡聘任干部，待遇与正式干部一样”。一张嘴，一个吹，不仅改变了一个人的命运，也改变了一个乡的“政绩”。

《背沙的汉子》讲人的责任与担当。一个中年汉子为了筹备妻子的医药费，不惜透支自己的体力挣钱。但是即便再需要钱，汉子还是按劳取酬，分文不多拿。一个朴实的汉子凭借着自己的体力背着沙子，也背负着生活的重担，只不过透过文字，我们可以看到汉子的劳累不堪，但是却看不到他精神的颓废。当生活的负担演变成生活的责任，于是负担不再是负担，而成为一种积极面对的生活方式。平实的语言叙述中，让读者看到了一个背负着生活重担，却没有一点儿精神不振的硬汉子形象。

《伞》提出另一个属于教育范畴的社会问题。善良的父母为了保护孩子，下雨为孩子撑一把伞，遮阳撑一把伞，18岁的孩子高考时，母亲依然撑一把伞接送。可怜天下父母心，孩子的自主能力却被永远遮挡在温润的伞下。或许有一天当父母撑不动这把伞时，那个早已退化了生存功能和缺乏竞争意识的孩子，在走向自己的独立人生时，不知该用多大代价来进行“补课”。小说结尾写道：“为走出考场的儿子撑伞的母亲，一路上自己顶着火辣辣的炎阳。”细细思忖，真是一种莫大的警示。

金光他善于敏锐捕捉生活现象的闪光点，几乎每天都在更新着记事内容，并且能不断地变换着观察事物的角度，调整着表现生活的方法。他的小小说像聚焦的特写镜头，对准那些能引起读者共鸣的人和事，平静地用事实说话，甚至连结尾也不刻意经营。就其小小说创作而言，和前期的作品相比，显然多了些思辨色彩。这种进步之于写作者，是一种质的飞跃。

程习武:小小说文体的践行者

程习武做过教师,2017年退休前为《小小说选刊》编辑,迄今已发表500余篇作品,被《小说选刊》《儿童文学选刊》《中华活页文选》等选载,并收入多种文集,出版有小小说集《庭梅野鹤》。作为一名编作两栖型作家,长期在编辑岗位上工作,让程习武养成了严谨的读写习惯与自觉的文体意识。其小小说作品多有为人称道的佳作。

《庭梅野鹤》是程习武的代表作之一,讲的依然是画者的故事。画梅名家苏庭梅,用管砚涂出一幅幅梅图,却涂不好自己贫寒的日子。卧病在床的妻子,嗷嗷待哺的幼子,让他在面对世俗名利的诱惑时,终究产生了游移。

苏庭梅的游移,不是一蹴而就,而是景随情迁,情随事迁。作家亦如画家作画一般,铺排,渲染,随着对环境氛围的步步营造,也水到渠成地完成了对画者苏庭梅心理变化的刻画:他由最初的以画表白,坚持不受知县的邀请,到后来一声长叹,收拾行囊准备前往,其间的变化过渡,皆自然可信。

程习武笔下人物,常以风骨见胜。作家似是不忍让那些骨气清奇的艺术家流落尘世污淖,总会在有意无意间救他们步出风尘。在这篇小小说中,作家又安排了辛野鹤出场。一位同样以画作名世、画风俊逸古雅的大画家,画了一幅大红大绿的牡丹图送与老友,且在画作的落款中把老友的名字"庭梅"写成"廷梅"。其意不言自明:苏庭梅若接受知县所赐予的仕途锦绣,便与那高雅孤傲的梅花图从此告别,从而陷身尘世俗流。

苏庭梅睹画幡然醒悟,他拒绝了知县为他安排好的一切,接下来的是终老荒村还是与辛野鹤并称"画坛双雄",不得而知。小小说至此突然收笔,留下无限余味萦绕读者心间。

面对亡国失地之痛,有人选择苟且偷生,有人选择遁世归隐。大宋画兰名家郑思肖选择了后者,他在涡河边上筑草屋面河而居,看日升日落,月圆月缺。他的目光却从未离开过自己热爱的国家与土地,他借手中的画笔来倾诉满腔的悲愤。

"郑氏画兰时,其笔或斜走,或直行,从不画弧状。他的兰就仿佛有骨有节,或植根厚土,或临崖垂挂,兰的铮铮傲骨与耿耿劲节就如天地间奏起的绝响。"郑氏画兰,亦是在画自己傲立天地间的铮铮风骨。

“靖康耻，犹未雪；臣子恨，何时灭。”发生在大宋历史上的靖康之耻，让大宋城池陷于异族的铁蹄之下，让多少有志之士饮恨悲歌。朝廷的一味忍让求和，从君到臣的醉生梦死，是导致那场灭国之殇的最大根源。这样一个宏大而复杂的历史事件，小小说《无土兰花》借一幅幅兰花图来完成对它的表述，可谓以小见大。

作品采用对比手法，在作品中塑造了郑思肖和施子雨两个人物形象，也是当年大宋朝臣民的两个典型代表：郑思肖代表了反抗派，他以画笔为武器，向入侵者及不思反抗的当朝统治者表达强烈的反抗与愤慨；施子雨代表投降派，他安于朝廷给予的职位与俸禄，偏安一隅，苟且偷生。画家借其笔下的无土兰花，对曾经的老友表示不满：“土都让元人夺走了，哪还有土让我的大宋兰花生长。”老朋友因此而警醒，这样的结局虽然有点文人式的理想化，但特殊时期特殊的人物，也不无发生的可能。

明代万历年间著名的书籍商、出版商黄凤池，曾在杭州开设书坊集雅斋，专门出版画谱类图书，他曾辑录了《梅竹兰菊四谱》，后被陈儒题称为“四君”，从此之后，梅兰竹菊便以“四君子”的形象走进中国传统文化的各个领域，历代的文人书画家，常借“四君子”咏志，以表现清流名士高尚的品德。

程习武对这花中“四君子”亦可谓情有独钟，在他的小小说中，多次出现“四君子”的身影。《焚画》是一篇以咏梅、竹为主题的作品，从其结构与人物形象的设置来看，此篇与《无土兰花》《庭梅野鹤》并无太大差别，所不同的只是故事本身。

画梅名家梅述风与画竹名家柳鸣鹤，在面对世俗功名的诱惑时，采取了截然不同的做法：面对知府的亲自上门求画与重金相诱，梅述风岿然不为所动；柳鸣鹤却不惜将朋友所赠的画作，转手送与知府以求进阶之路。梅述风最终折断画笔，焚画明心志。人物品格，立见高下。作家爱憎，泾渭分明。

小小说要讲求人物形象丰满立体，切忌性格单一、脸谱化。相类似的题材与人物，要做到不雷同非常不易，也往往对作家的创作提出更高的要求。

自古官场如战场，官场亦是一个无形的大染缸。多少清正廉洁之士，身处这个大染缸中，面对形形色色的诱惑，往往失去了最后的底线，要么与人同流合污，要么自甘堕落徒留叹息。然而，官场之中也有那样一些人，自始至终如天地间的一股清流，洗濯世道人心，给人希望与力量。《清水》中的县令叶天士，即是这样来去两袖清风、一身正气立人间的好官。

上任第一天，面对德高望重的先贤赵颍送来的新瓜，叶天士没有食用，而是写了条幅恭恭敬敬将瓜供于案上：“先达心，不能负；民之瓜，不敢食。”短短十二个字，可视为叶天士向寿春县百姓做出的一份郑重承诺。原本可以带妻子赴任，叶天士却说没有带妻儿上任的道理，硬生生把妻儿舍在三千里外的老家。多少新官老爷，上任之际，骑马坐轿，威风八面，叶天士却迢迢数千里，骑着一头白牛赴任离任。

叶天士的清正廉洁，自是因为他心怀百姓，那一份充溢胸间的爱民情怀是其清流之源。作品以叶天士的回忆为线，以叶天士在任期中发生的几件小事为珠，在现实与回忆的交替闪回中，完成了对这一人物形象的塑造与刻画。文章首尾呼应，起承转合过渡自然，无论从立意内容，还是从结构布局，都堪称一篇佳作。

小说的最后，面对送别时老百姓递上来的一杯清水，叶天士并没有把它喝下去，而是把它慢慢倾洒在脚下的黄土上，说："这是寿春的水，我不能带走，就以水代酒敬了寿春的土地吧。"老百姓一杯清水送别清官，清官一杯清水敬厚土，层层递进的描述中，清官叶天士的形象越发高大丰满。

《生日》里的稼先生，亦是一个清官，上任三年，把嘉定县治理得清清平平，自己家中却一贫如洗，堂堂县令，却连一个像样儿的生日也过不起。所谓无巧不成书，就在稼先生生日这天，两兄弟吵得不可开交闹到衙门，稼先生不罚当事人，却罚自己——七月的毒辣太阳底下，他流着泪跪倒在堂外坚硬的地面上："我做官无方，我应该惩罚自己。"

一个小小的细节，立起了一个响当当的清官形象。当官为民，以身作则。稼先生用行动教育感化了争吵的两兄弟，一场民事纠纷轻松化解。故事至此并未结束，此处原本是一个铺垫，真正的高潮是老百姓在大堂之上为稼先生备下的如林香烛。

“‘当官的能被百姓想着念着，什么大宴能比得上呢？’稼书先生说完，看见夫人泪光莹莹。”故事不复杂，道理也简单。稼先生的形象却深入人心。这个世界，太需要这样的清官、好官，需要这样的提倡与呼唤。

在多年的小小说编辑与写作过程中，程习武无时不以小小说文体的标准来要求自己，其作品多立意高远，笔下人物多风骨凛然，语言长短错落有致，铿锵有力，在体现节奏与韵律之美外，尤显雄健笔力，可谓小小说文体的忠实践行者。

胡炎:醉心于描绘俗世生活

从一组作品中,能够比较清晰地呈现出一个创作者对于文学的理解、写作水准以及大致形式的艺术风格。胡炎的作品,以其沉稳干练的叙述见长,寓教于文的创作理念融汇于朴素的叙述中,深入浅出地诠释着常见的生活哲理。

《德富老汉的最后结局》是一篇非常有寓意的作品。主人公德富老汉日渐衰老,不免设想人生结局:"一种是寿终正寝;一种是正在田里做活便蓦地倒下,永远融入泥土,和先辈们一块儿扎根在这里,看世代沧海桑田,看自己的后辈们犁地;还有一种最美满的结局是和他的老牛一块儿静静地老去,相拥辞世,永不分离,为那边的列祖列宗们牵去一头有情有义的牛该是多美的事!"一个与土地结缘的老农民,设想的人生结局温馨而祥和,而真正的结局却是死于他精心饲养、调教、钟爱的那头牛的犄角下,惨烈而血腥。想象和现实确有不可预知的差距，但其因果联系更让人为之触动。

作品要讲述的东西一半在情节中，另一半其实是在现实里。当看到情节中的“果”后，会陷入寻“因”的困惑中。作者从题目到行文上的一些细节，不厌其烦地一再提醒暗示，情节发展偶然背后的必然，其实早就已经注定。事情是怎么发生的，并不重要，那只是情节处理的技巧，烘托主题悲情的手段；真正重要的是，结局难以改写。这种无法改变和不好解释，我们就把它归之于“命运”。这不是逃避，而是一种精炼的概括总结。

在漫长的岁月中，老牛以它的温顺、沉默和勤劳给德富老汉带来了极大的安慰，这一切都要归功于德富老汉当初对老牛的驯服，先是鞭打压制其烈性，而后又倍加呵护，使得这头牛从蛮烈变得温顺。可是老牛突然不听使唤了，以往的驯服只是一时的屈服。“就在德富老汉的鞭子抽在老牛脸上的时候，老牛猛地往前一冲，将德富老汉顶在了地上，然后，老牛前腿跪在德富老汉的腹部，用尖硬的犄角挑开了德富老汉的喉咙。”

作品从一开始极尽描述秋日祥和之景色，借此烘托人物的愉悦舒心，只是为人物最后的悲剧命运形成反差做铺垫，让读者在视觉和心理上有一个强烈的震撼效果。作品将老牛拟人化处理，意在阐述人格的尊严，主题倾向于强调专断而不平等的爱，而由此滋生的隐忍、反叛、报复同样不可小觑，作品极具现实意义，值得警示。

德富最希望的就是倒在自己勤勤恳恳侍奉了一辈子的田地上，他认为这都是自己“应有的归宿”，不是奢求，而是一种应当的“荣誉”。没错！对这样一位老农，无论是闲适地寿终正寝，还是辛苦地劳作而亡，都是一种定数，是一种看似合理的结局。在那凝重的叙述里，浓烈的宿命感已经泄露了一切。结尾的悲剧是偶然也是定数，是个案也是共同的命运走向。作者用外在的悲情置换了内在的逻辑因果，因此，惨剧为何发生已经不再重要，让人难以下咽的是“这就是唯一的结局”。

生活哲理无处不在。《等待录取通知的那个夏天》中的父亲以其人生阅历、生活经验，循循善诱高考生儿子，要敢于面对现实、承受结果，永远都不要放弃对生活的热爱。由于高考成绩不理想，儿子忐忑不安地在等待录取结果，父亲却用浅显的生活常识告诉儿子，再难的事也不过是自我内心的承受问题，人生的目标不止一个，要学会寻找适合自己的，而且还要敢于尝试自己所不熟悉的，不要局限于自我思维，换个思路和理念，或许会给你意想不到的惊喜。作品对青少年的成长及人生抉择具有普遍意义。在那父辈和子辈之间的言语交谈中，流露出的是一种人生智慧。有这样的父亲，似乎是一种幸运，因为你必然会继承他的胆识和对于生活的理解。

胡炎写官场人物的作品也颇有特色，警示意味明显，巧用隐喻，生活气息浓郁。《鱼鹰》形成了一种左右互搏：一面是言传身教，一面又在感叹人生的徒叹奈何。作者对于要表达什么似乎拿不定主意，当然不能做这样简单的猜测，如果我们来品味这种"矛盾"，就会发现它们最终还是都统一在"思索"这两个字上。不管是作者的激昂笔调，还是沉重述说，都会引起你对于某些东西的深入探究。

一对渔民老友以放鱼鹰渔猎为生，他们的孩子水生和家贵自小下河学习放鱼鹰，眼见鱼鹰潜水捉鱼，而后脖子一仰把鱼吃了。孩子们惊讶之余不免疑惑，父辈们教导说鱼鹰贪吃，捕鱼之前要先用绳子扎起它的脖子，这样子它就只能吃小鱼，捉到大鱼咽不下去才会吐出来。两个孩子点点头，似乎明白了这个在渔人眼里最简单、最朴素的道理。

水生的脸色更凝重了，眼神里也多了层伤感。许久，水生叹了口气，说："家贵进去了。"

"为啥？"我的心一沉，这件事来得太突然了。

水生沉默了，眼望着天际，半晌说："他忘了扎上自己的脖子。"

极为生活的一席话，形象而生动地刻画了官场的贪腐行为。结尾处，主人公亲手为鱼鹰扎上脖子，用生活细节点缀精神世界，堪称精彩的一笔。

一语双关的《诗眼》，声情并茂。秦乡长既是个有魄力的实干家，又是位业余诗人，其诗作多为颂扬故乡和感恩母亲而作。秦乡长自幼丧父，母亲含辛茹苦将其抚养长大成才，而今荣归故里当了乡长，视经济建设为德政之本，期望在任期间政绩赫赫，却在有意无意中忽视了基层民生问题。当母亲一针见血指出其为官忘本，质疑其工作职责时，秦乡长顿时醍醐灌顶，幡然自省。

其实政绩与惠民并不矛盾，如若没有大公无私、造福一方之心，“人民公仆”倒成了一句口号。“诗眼”是诗歌的精髓和内涵，作品以“诗眼”为题，一是表达秦乡长找到了颂扬母爱的精神主旨，二是借此比喻政务工作的重心所在。

《腊梅》状物言志，行文畅快淋漓，布局构思皆有精妙之处，又不失生活的原汁原味，犹如一壶浓郁的陈酿老酒，甘醇入口，豪兴顿起。纪检干部老何和画家老吴是一对挚友，当老何因为纪检工作被莫名暴打，老吴相送腊梅图宽慰，以腊梅不畏严寒、迎风斗雪的属性，比喻老何高洁自律的品质。后当老何屡屡妥协于各类交往和应酬，老吴便决然地疏远了老何，甚至不相往来。却不料这一切都是老何故意为之，只是为了得到纪检工作的第一手证据。当老吴明白事情的缘由后，送给老何一株真真实实的腊梅。作品巧用腊梅寓意，以其傲雪风骨比喻纪检工作者清正廉洁的高尚品德。

胡炎的小小说力求贴近百姓生活，语言沉稳朴素，人物质朴鲜活，那种本真的神韵溢满纸上。胡炎认为："那稿纸上的一行行字，正是平民的足迹，百姓的心语，是触手可及的生活，是坚实纯粹的质地。"如此，小小说才为百万读者所青睐，故事如在身边，思之又可获益。区区千字章，满目人间情！

吴万夫:聚焦人性中的细微差异

吴万夫创作起步较早,20 世纪 80 年代末即发表了小小说处女作《弟弟》。此后,他在小小说、中短篇小说、散文、诗歌、评论等各个领域,均取得了不俗的佳绩,作品在全国报刊上遍地开花,直到现在还保持着旺盛的创作势头。

在庞大的小小说写作队伍中,吴万夫创作的小小说数量虽然不多,但却形成了自己独特的风格:目光敏锐,文笔犀利,替底层人物画像,代底层草根发声。他甚至自称是一个漂泊在路上的流浪者。这也许与吴万夫特殊的生活与工作经历有关,让他对底层小人物关注尤多,对社会与人生的思考,也就更为深刻。

《坠落过程》是吴万夫的代表作,也让他为此成名。这是一篇有着明显社会杂闻痕迹的小小说,它或许就脱胎于某一时段作家看到或听来的一段新闻,但经过巧妙的剪裁与构思,一则社会杂闻亦可以成为一篇小小说佳作。此篇作品刊出后，给作家带来广泛声誉，曾入选多种精华选本，还曾被翻译到海外。

爱能创造超自然的奇迹。在儿子坠楼的瞬间，一位母亲绕过所有的障碍物，穿过十几米宽的马路，接住了儿子，避免了一场人间惨剧。故事非常简单，情理也不复杂，难能可贵的是，作家没有刻意渲染，又能剪裁得当，在冷静从容的叙述中，完成了对这一“坠落过程”的讲述。无法复制还原的坠落场景，愈加彰显出母爱的伟大，结尾旁逸斜出式的渲染，让这篇作品扣人心弦。

《我欠王鸽一枚蛋》可谓是一篇黑色幽默作品。作者以轻松诙谐的语调，讲述了一个让人哭笑不得又耐人寻味的报恩故事：“我”因生一种怪病需要特殊的药引，得朋友王鸽的帮助，也从此走上难以言说的报恩之路。恩人王鸽几乎随时都在提醒曾给“我”的恩情，也心安理得地享受着“我”的回报。

滴水之恩，当涌泉相报；赠人玫瑰，手留余香。这样的中华传统美德，就在如此怪异的交往中渐渐变了味道。“我”由最初的感激到厌倦，到最终孤注一掷，以生命还上对恩人欠下的一枚蛋的恩情。极为讽刺的是，纵然如此，恩人王鸽依旧没有醒悟，他以为是自己成就了“我”的一世英名。也正是这样荒唐的想法，带来小小说荒唐而意外的结局：“我”听到王鸽的感慨，竟然因愤怒死而复生。“接下来的事情，就是我该考虑如何继续努力报答王鸽了……”后事究竟如何收场，恐怕谁也说不清了。

作品在短短的篇幅里写活了“我”与“王鸽”两个人物，尤其王鸽，其人其事，其言其行，在我们日常生活中绝不罕见。他们也许心肠不坏，遇人有难也愿出手相助，却又唯恐被人忽略忘记，时时以恩人自居，透露出人性中自私丑陋的一面。

大千世界，如一个瞬息万变的万花筒，各种奇闻怪事，层出不穷。尤其是网络发达的现在，一件偶然事件的发生，很可能在网上引起全民关注与轰动，发展成新闻热搜。很显然，吴万夫对社会与底层人生的关注，除了留心体味人性中的细微差异之外，也有一部分来自网络或电视媒体这些平台与窗口。

《建立在一元钱上的爱情故事》似一首清新而又浪漫的青春歌谣，叮叮咚咚弹唱着青春与爱情的美好。贫家男孩秋林，因一份青春的躁动而无意中追随一美丽女孩走进一家储蓄所，身为储蓄所职员的女孩小含没有大惊小怪，而是热情大方地为秋林办了一张一元钱的银行卡。自此，这张银行卡即成为男孩秋林奋斗的源泉，也成为他和小含爱情的纽带。一段起于莫名冲动的跟踪故事，最终演变成一段幸福美满的姻缘。这样的爱情美丽浪漫如一个童话，细读之下，却亦有着它植根的现实土壤。现实中不只有拜金女，更有小含这样心灵纯净的女孩，如一道清新亮丽的风景悦人心目。

吴万夫曾经在一篇散文《泪光中的微笑》中这样写道："贫穷是一个巨大的魔方，它让我们在泪光中学会微笑，在苦痛中感受欢乐。"《挑着的家》即是一篇让人泪中带笑、笑中含泪的作品。作家以饱含悲悯与深情的笔墨刻画了一位身份卑微却慈爱、坚忍的父亲形象。

一个讨饭的男人，无家无妻室，却挑着捡来的一儿一女，认认真真地生活。

说家，其实就两只箩筐，挑着两个年幼的孩子，外加一口锅、一个蚊帐和一只变形的洋瓷盆。孩子大的两三岁，女孩，是个瘫子；小的，不到一岁半，男孩，是个瞎子，且患有严重软骨病，是个永远长不大的孩子。

常人眼里像草芥一样卑贱的生命，却是讨饭男人生活的全部希望与能量。他挑着这一儿一女，风里来雨里去。他努力为他们生火做饭，为他们改善生活，把讨来的饭再重新做一遍，烟熏火燎中，家的味道袅袅升空……

讨饭人的瘫子女儿最终栽进下水道被冲走了，悲痛欲绝的讨饭人也挑着他的担子离开了小镇，去向不明。一个虽然残破却不乏温暖与希望的家，终究是残缺了一角。苦涩的结局，让人唏嘘，亦给人留下一份思索。正如小镇上那些夫妻失和偶尔吵架冷战的人，每每看到讨饭人忙碌的身影，便匆匆跑回家与妻子握手言和，讨饭人挑着的不仅仅是一个家，还有一个男人响当当的生活态度。

鹰是一种猛禽，通过训化却能成为猎人的绝佳助手。鹰也是一种桀骜不驯的动物，轻易不会向人类臣服，正因为如此，才有了"熬鹰"这种习俗。在我国边疆的某些少数民族，熬鹰甚至成为其民族文化的一部分。把习性凶猛的鹰捉回来后，不让它睡觉，熬着它，直到它乖乖向主人低头，俯首帖耳替主人卖命。那是一个极为惨烈亦极为残酷的过程，对人，对鹰，皆是如此。

吴万夫的小小说《熬鹰》，向读者讲述了老猎人仓爷熬鹰的全过程，读来有惊心动魄之感。年迈的熬鹰人仓爷，面对一只野性十足、斗志昂扬的鹰，两者之间展开了一场生死对决。作品以大量笔墨，铺排渲染，将鹰的抗击、奋争，人的挣扎与坚守，刻画得形神毕肖，读来如临其境。

"可以说，熬鹰，完全拼的是心劲，是一种精神的较量。"七十三岁的仓爷最终熬败了鹰，也熬败了自己，在鹰向他低头臣服的那一刻，他也如一截朽木轰然倒地。

"那鹰，每天盘桓在仓爷的坟头，长唳着，不忍离去。没有人知道，一只被驯顺了的鹰，一旦离开了人，该怎样生活。"这样无解而悲怆的结局，也许会出乎所有读者的意料，带给读者的更是百般思考与难言滋味吧。

吴万夫对来自底层的社会小人物尤其关注。他以真诚、朴素的笔触,最大限度地还原着他们悲喜交集的人生。他不避生活中的沉重与丑陋,官场上的黑暗,人性中的黑洞,生活中的苦涩与无奈,皆可涉笔成文,引人深思。他亦挖掘生活中的真善美,写出温暖人心的作品。如此一来,就形成较为宽广的写作视角,其作品也往往有着直面社会与人生的勇敢和犀利。

刘志学:质朴叙事的艺术魅力

作家刘志学是豫北人,博学多才,一直在民政、卫生等行业期刊工作,又兼写多种文体。他为人做事颇有章法,在小小说创作上同样有自己的艺术追求。他的小小说创作数量不多,但可以感觉出来他对每一个素材的处理都非常用心,而且能一直把握住写作质量的底线。不过,给我印象最深的,还是他质朴的叙事风格。

在当今社会由精英文化、大众文化、通俗文化构成的文化格局中,小小说无疑属于兼容性较强、引领社会文明主流的大众文化范畴。这一点,决定了小小说要成为雅俗共赏的艺术。小小说要在一两千字的篇幅里构建一个完整的艺术世界,就必须调动所有的艺术手段,来为内容服务。而在这众多的艺术手段中,最能让读者产生共鸣、同时又令大多数写作者难于把握的,正是小小说的叙述方式和叙述手段。对一个成熟的小小说写作者来说，有自己独到的叙事方式是非常重要的一个标志。刘志学的小小说，以其质朴的叙述和简洁的语言把读者带入了真实的日常生活图景，然后通过情节的递进和场景的切换，自然而然地展现出人物命运和内心世界。

古玩字画，真品赝品，从古到今，在文物鉴定这个行当里发生的悲喜剧太多，在这个领域里挖掘故事叹喟人生的小小说作家也不少。刘志学的《掌眼》读来让人眼前一亮，尤其是金辨芝这个人物形象，尤显风骨凛然、饱满高大。

陈四仙花不菲的价钱去古玩市场买回一幅徐渭的《古道青藤图》，故事围绕这幅图徐徐展开：擅长鉴别古玩字画的朋友金辨芝明知此画是假，却出于对朋友的保护之义——怕陈四仙得知真相急犯肺痨，遂做出违心的判别。如果说金辨芝此举体现了一位男人对朋友的担当，那么，在后来面对日本人的逼迫之时，金辨芝用一根银针刺瞎自己的双眼，并发出“给畜生掌眼，不如瞎掉”的铮铮之言，体现的就是一位热血男子的民族大义。

作家在刻画陈四仙、金辨芝这两个艺术形象之时，一方面注重立意——歌颂一份感天动地的人间友情，赞扬一份硬朗朗的民族气节；另一方面，作家也极为重视对细节的描写，人物的一言一行，句段之间的起承转合、伏笔、照应，都颇有讲究。譬如文中几次提到陈四仙情绪的变化，都用他的呼吸来表现:“顿时呼吸粗了起来”“嗓子里嘶嘶地开始发喘”“胸口忽地一闷,嗓子嘶嘶地响,肺痨犯了。”这些细节的描写一来为描写人物形象服务——陈四仙忐忑紧张难脱世俗之羁,金辨芝心细如发更显从容淡泊,同时也在悄然推动着故事情节的发展,可谓一箭双雕。

在刘志学的“骑河镇系列”小小说中,有一篇题为《美姑》的作品。作者在文中展示的是一个叫美姑的女子固守圣洁爱情的复杂心理。作者开篇写道:“长得很丑的美姑一辈子没有嫁人,守着她那间小独屋和屋前那水塘里枯枯荣荣的荷叶荷花,一直守到死。”在这里,作者给予了读者两个意象:“很丑的美姑”和“水塘里枯枯荣荣的荷叶荷花”。美姑一直“守到死”的“荷叶荷花”,其实就是她深情固守的一份美好的纯真,也是一方她臆想中的寂寞爱情。故事开始,美姑送她的恋人粪孩赴朝参战,在返回的路上被破了相,成了“丑姑”;而粪孩从朝鲜战场回来后,“少了一条腿,据说是被美国人的炮弹皮给削去的”。作者接下来有这样一段描述:“等他终于在镇上的一条小胡同里撵上美姑,瞧瞧四下没人,一把从背后把她抱住时,先是美姑‘啊——’地惊叫了一声,接着是粪孩‘啊——’地怪叫了一声。粪孩瞪着眼睛、张着嘴看了美姑半天,捣着拐杖扭头就走。”这个场景中,两位原本相爱的年轻人,在时过境迁,一个破了相、一个少了一条腿之后突然相遇时,作者用了仅一字之差的"惊叫"和"怪叫"两个词,准确地写出了两个人物当时不同的心理变化。

刘志学反映乡野风情的小小说,质朴无华的场景描述很多。他对中国传统的叙事手法理解颇深,也运用自如,常常能在平实的文字中,准确地描绘出人物的生存状态与丰富的内心世界,让读者通过客观形象的画面和人物相遇,零距离地感受作品丰富的内涵,同时也与作家在对现实描摹中所体现的精神指向产生共鸣。

在他的一篇早期的作品《洪水里的一条狗》中,开篇通过客观形象的——"挑着两箩筐猪娃跑进山洞的男人""排山倒海"的画面描述,使读者的阅读情绪立即调动起来——"洪水来了……"我们不但感受到一种恐惧、紧张的气氛,还能够清晰地感受到作者潜藏在文字背后的情感。仅仅是"洪水来了"这简单的四个字,就能让我们触摸到作者在调动读者的阅读情绪的同时,自己对作品中的人物的担忧。

刘志学十分善于把自己丰富的人生历练和生活认识,渗透进小小说作品的字里行间,并以准确的文学表达方式,悄无声息地传导出来。类似于上述的例子,在他的小小说作品中俯拾即是。

恰当的景物描写也发挥着巨大而丰富的烘托作用,《蒸窝儿》结尾时,用了一大段文字来写景:"樱桃身旁的河滩里的一块很平整的泥地上，摆着一大片用河泥团成的泥窝头，横成排、竖成列，每一个泥窝头都小塔一样，圆圆的，尖尖的……北风在凉水河的河道里一阵阵地蹿过去，初冬的阳光没有一点暖意，却把那一排排泥窝头，耀出了一排排金色的光芒……”

这是一个智障人渴望爱情、守候爱情的凄美故事。在这段描写中，既写了作品中的人物樱桃终于为丈夫“蒸了”一大片泥窝头，“横成排、竖成列，每一个泥窝头都小塔一样，圆圆的，尖尖的”，是具体的物；还写了“北风在凉水河的河道里一阵阵地蹿过去，初冬的阳光没有一点暖意，却把那一排排泥窝头，耀出了一排排金色的光芒……”，是形象的景。景与物的准确表述，暗喻了樱桃以做“泥窝头”的特殊方式，表达她对丈夫的爱情；这段文字营造的意象，以及所折射出来的美学价值，通过准确的景物描写，修饰得恰到好处。

刘志学说：“写小小说，是生活中最坚韧的心灵修持。”正因为他将创作小小说当成了自己历练心灵的一把钥匙，而且也有了这么长时间的倾心坚持，才让他的作品能在小小说作品的长廊中留下自己的一行足印。

谷凡:从生活识见到艺术表达

因为迷恋阅读,所以爱上写作,只有写作才可以使自己的思绪天马行空一样无拘无束,高度自由。十多年前,文学便成为谷凡的一种诱惑。和许多人一样,她第一次动手排列文字是从写作文开始的,那时候就惊诧于文字的奇妙组合方式和内容的迥异表述,因此,每当看到动情的句子和美妙的形容词,便会记到笔记本上或在写作文时有意用上,这对于她后来的写作起到了启蒙的作用。

小小说在千把字的篇幅之内,要展开一个宏大的故事是很困难的,如果没有相当的语言功底和叙事能力,是很难将一篇小小说写得精彩。谷凡在编辑岗位数年,所以她的创作,会首先兼顾到小小说自身的文体特征,会自觉选择一个人生片段,或者一个细节进行反复推敲、精雕细描,甚至将一些较大的故事容量,浓缩在一篇小小说中,力争剪裁得当,以增加小小说的厚重感。《听街》《小镇红颜》等皆属此类佳作。

《听街》讲述了一段凄婉忧伤的故事。在一栋古老安静的老房子里，住着年老的太奶奶和太爷爷。有一天女孩丽和男孩翔，在这个古老的院子相遇。两个天真无邪的孩子，一起在院子里上树摘核桃，一起捡拾满地的紫色桑葚，一起去看蛇花，一起去找地虎，演绎着青梅竹马两小无猜的童话。这样的友谊在他们的少年时期无奈中断了——翔被父母接回去了。最初翔还能隔三岔五地回来与丽见面，到后来，回来的次数越来越少以至音信全无。太奶奶和太爷爷一天天变老，曾经的小女孩丽一天天长大，翔再也未回到这所古老的院子，丽却依旧苦苦守在这里。因为她手上保存有一盒翔送给她的彩色画笔，还记着他留给她的一句话：我喜欢你，我还会回来的。或许这只是一个不谙世事的少年随口说出的一句话，却像绳索一样将一个女人的一生拴在了那所古老的院子里。她在等待中长大了，送走了太奶奶、太爷爷，把自己也送到白发暮年……

在人们的眼里，她成了故事，成了别人眼里的怪女人。没有人知道，这个只爱坐在院子里听街上声音的老人，到底在盼望着什么。

满院子的黄叶，已经覆盖了整个地面，她没力气去打扫了，曾经钟爱她的那些小鸟，随着时间的推移，也不知了去向。她第一次感觉自己很孤独，好在当她感觉孤独无助的时候，就已经躺在了自己为自己准备的棺材里。她手里拿了一盒蜡笔，这盒蜡笔差不多被她用完了。当她闭上眼睛的时候，脸上的表情很满足，因为在她的棺材里有她用蜡笔画出的房子、院落和院落中的人。

故事到这里戛然而止，一种浓郁而令人压抑的沧桑感却萦绕读者脑际，涌上心头。古老的院子，刻有各类花鸟花纹的木制窗子，院中参天的百年老树，院角的蛇花、紫桑葚，看地虎的少年，还有静静等待由花季走向暮年的女人……一个女人漫长的一生，没有浓墨重彩的描绘，倒像一幅古旧的民俗画，轻轻展开在读者面前，带着陈年的古旧气息和淡淡的忧伤，让人读来欲罢不能，忍不住一声声地叹息。

与《听街》中的忧伤气息相似，在小小说《小镇红颜》里，谷凡又为我们讲述了另一个女人的守望故事。小镇上的铁匠铺里，不足十岁的女孩儿与打铁的父亲相依为命，父亲的打铁技术闻名百里。某天，铁匠铺忽然来了位高大威猛的男子，是来找女孩的父亲铸剑的，女孩的父亲接下那桩活儿，男子临走前说五年后前来取剑，并在转身的刹那间冲站在门口的女孩轻轻一笑。那一笑自此在女孩的脑海定格，也成了她站在路口等待下去的唯一理由。女孩慢慢长大，已由当初的小女孩长成亭亭玉立的少女，父亲为那位男子铸的剑也早已铸好，他们却没能等来取剑的人。取剑的人没来，女孩的等待却没有停止，从小女孩等到花季少女，从满头青丝等到皱纹满脸，她依然在等着那位永远镌刻在心中的男人。

一见钟情，一笑倾心，这样的故事多少有几分不食人间烟火的味道。但人生百态，传奇故事本就是生活中最有神秘感、最令人好奇的一部分，若要事事平淡庸常，文学便会失去它固有的美与吸引力。

与《听街》《小镇红颜》不同，谷凡的部分小小说将关注的目光投射到现实的纷扰生活中，《责任》《被诱惑的人生》等即为此类作品。虽写身边世相，却能以独到的眼光，透过表象对生活本质进行提炼概括和艺术表现。

《责任》是一篇广受好评的小小说作品。父亲开了一家不大的小吃店，七八张桌子的规模，在物价不断上涨的情势下，小吃店的生意并不好做。父亲也老了，体力越来越不济。儿子曾多次劝父亲关掉小吃店，却被父亲拒绝了，父亲拒绝的理由是因为店里的厨子哑叔。哑叔是当年父亲上街买菜时遇到的流浪汉，见他可怜，就将他带回店里。哑叔开始有了自己的新生活，娶妻生子，在小店一待就是很多年。小店是哑叔安身立命之所，所以父亲一直拒绝关掉小店。父亲的儿子已经大学毕业，参加工作，有了不错的经济基础，买了房子，准备让年老的父亲母亲搬过去。他再一次前来劝说父亲关掉小店，跟他到城里安享晚年。

父亲端起杯子喝水，拿杯子的手有点发抖。他开始自责，心里莫名其妙地痛了一下。父亲说："等等吧！等你哑叔的孩子考上学，再说关店的事。"父亲的话不多，也不重，却像锤子一样，砸在了他的心里。

读这样的作品，你不会仅仅感到它只是一个感人故事，其背后有对现实生活的抗争，对传统文化的悠长呼唤。父亲的高大形象跃然纸上，男人的责任感带给人无限欣慰。父亲当年将流浪街头的哑叔带回家，多年后，一种固守的人性美德，让父亲把关注的目光又放到哑叔的下一代身上。在世风日下、人心不古的今天，像父亲这样有着如此悲悯情怀与担当精神的男人，愈显品质高尚。歌颂真善美，鞭挞假恶丑，永远是文学写作者无法回避的使命。

谷凡的小小说创作，题材涉及古代、现代、乡村和都市等，对各种形式的探索如寓言、童话等也饶有兴趣。小小说《家族》《鸟和鱼的爱情》《一条狗的风花雪月》等作品，以动物为描写对象，折射出的却是人类世界的悲欢离合，也是一种有益的尝试。

小小说写作也是追求语言艺术的过程，通过一篇篇文学作品的叙述表达，会构成一个作家的人品气质、审美鉴赏水平、思辨力及文化修养等综合素质。谷凡近来的写作，渐由生活阅历层面的描述上升为艺术空间的开掘，长此以往，必有大进。

珠晶:新颖别致的话语方式

20世纪90年代中期,只有为数不多的几位女作者活跃在小小说写作领域,珠晶是其中一个。

《与武松论英雄》以扑朔迷离的梦幻,组合武松一生壮烈的生活片段,解读历史,解读英雄,这种解读不是施耐庵笔下的延伸,英雄武松成了现代社会中一个多愁善感的年轻女子心目中所期待的英雄化身。

我没有被惊吓,却不敢正视他。英雄是人不是神。英雄的荣辱悲欢不会轻易随历史烟消云散。我突然找不到自己时恍恍走出了塔寺。世纪的风在吹,我也想伸出一双女人的手去抓英雄的手,可我抓到的只是宋公明带走了手臂的空荡的袖筒。我的眼泪就和大宋遗落的雨一起飘飞。

珠晶的小小说创作仿佛执意不走常道。她的小小说写得像散文一般行云流水,像随笔一般飘逸洒脱,珠玉般的句子让你非一口气读完不可。你屏着呼吸一篇篇读下去,不觉中便被她的作品迷住了。她的小小说是诗意的流淌,是情绪的舞蹈。珠晶用小小说摹画了她诗化了的身边世界。她的"诗"是有节制的,蕴含着小小说的要素。她又是一个求真求美尊重情感的女子,在这个被欲望和世俗扭曲的世界里苦苦探索一份纯美和至情。

《祝福年轻女孩》讲述的女孩子是一家酒吧舞池的乐手,她靠自己的技艺工作。可是与她共寝的女孩因病毒感染被隔离了,尽管她知道自己是纯洁的,恐惧还是导致她来到医院做检查。检查结果出来了,她也有病,双重感染。这是怎么回事?原来,医院为了追求利益,篡改了检查结果。一个职业做久了,人就有了职业麻木,职业道德规范似乎也成了虚设,你不得不感叹拜金主义的魔力。让我们在祝福年轻女孩的同时,也祝福我们自己。

珠晶是"跟着感觉走"的作家,她的感觉渗透在文字里,忧郁而又浪漫,缥缈而又轻灵。她并不在意故事情节的起承转合,作者着意传达给我们的,是人的内心深处的感受。驾驭小小说这种篇幅短小的文体,珠晶的构思方式和语言都具有挑战意味。编辑家邢可先生也评价说,珠晶的作品虽然不像有些作者那样铺天盖地地往外涌,却如花中的奇葩,有着自己与众不同的风格。小说是语言的艺术,珠晶靠着与众不同的语言特色，与庸常的传统小小说创作者拉开了距离。

《春天的故事》透着季节的温暖和湿润。常人会觉得诗是浪漫的精灵，写诗的女人一定有着充满闲情逸致的生活状态。幼师韩心月有一个再婚家庭，两个孩子居然都是前夫的。丈夫患糖尿病多年，年前猝死。城市规划拆迁，她第一个响应搬迁，而且把政府奖励第一个搬迁户的一万元奖金捐给了报社，希望救助病难中的人。对于生活的磨难，韩心月说："抱怨和丧气只能雪上加霜，咬咬牙也就挺过去了。"面对报社记者的采访，这个饱经风霜的女人笑着用手捂着脸说："这些年折腾得都没个形儿了，别登我的照片，给我发几首小诗吧，写得不好，可我的日子少不了它们。"一个爱诗的女人说出这样一番朴素的话，似乎胜过了纸上的任何华丽辞藻。她忍受着生活的艰辛，却书写着希望，不妄想、不做梦，不矫揉造作，显出乐观的生活状态。在欲望充溢的世界，需要健康阳光的心灵，相信生活的春天也会因此多了一丝亮色。

珠晶以她怪诞的奇思妙想，写出了《一匹马的微笑》。这篇作品的构思诡异而奇丽，把世俗间那些盲目地对弱势群体的狭隘关注，刻画得入木三分。受伤的马的确需要体恤、怜悯，因为它是我们人类最忠实的朋友。可是，我们的同类呢？那位在马跟前衣衫褴褛、凄苦不堪的马的主人却被遗弃到了一边。"这个夏天，我们在街头经历一匹马和一个残疾人在内心引起的一些涌动，可能瞬间就被繁杂湮没。可是这匹小马驹最终弹起四肢，矫健地从人们视线里消失的时候，我们再也忘不掉它回眸那些关心它的人，目光里流露出深切的依恋，充满人类想象不到的畜生意味的深情微笑。”作者把要表述的情感，深埋在表象下面，一经凸现，却有振聋发聩之效。

珠晶以稳定的作品质量，始终保持着良好的写作状态。《空山不空》，笔带禅意，写出了人与人之间的精神领域的韵味。主人公杜马，是个能把快乐传递给别人的人，他的主要工作就是写书。他的书的勒口，印着他骑一头小毛驴向我们挥手致意的剪影，令人大笑不止。他说自己的属相是马，不可以自己骑自己，就骑毛驴。一位神仙的坐骑是什么动物不重要，重要的是他能拥有好心情。一种若即若离、虚无缥缈的心绪情结，如山腰烟岚，袅袅氤氲；如琴瑟余音，不绝如缕。这种写法，很容易把读者笼罩其中。当山民们要把漂亮的山鸡卖给那些野餐者时，“杜马抱着山鸡什么也不说，小心地抚平它的羽毛，穿过山坳到一个崖前。杜马放飞山鸡的场景异常经典：当时阳光正好，山野一派清新，山鸡飞起后扑腾着五彩翅膀环山盘旋，而后哀婉地尖叫一声腾空而去。阳光下的杜马伫立山崖，是那样平静、高大……”

作为一名女作家，珠晶的小小说大致属于“另类”的范畴。《蜡染午后》《小院莺飞》《城市有车吗》《到你的城市看看》等，构思上的别出心裁，叙述上的峰回路转，加上缺乏精心剪裁的语言枝蔓，略显芜杂地延伸，使她的每一篇作品都格外醒目。著名作家中村先生说，在小小说队伍中，珠晶以自己独特的话语方式区别于他人，我们从浩瀚的小小说海洋里一眼就能把珠晶的作品挑出来。

茨园:“茨园山庄”的现代传奇

茨园是小小说队伍里的一员老将,1999 年便入选了《小小说选刊》增刊《小小说作家五人行》,在当年这也是小小说写作者艳羡的事。多年来,茨园的作品数量不算很多,即使参加笔会也多听少说,不事张扬,但却一直在写,且对作品质量从不妥协,说他是小小说队伍中的“常青树”也并不过誉。

茨园的作品背景大多是一个叫“茨园山庄”的地方,这应该是他虚构的一个记忆中的“故乡”。在这个村庄里,有做女红的迎儿,阴差阳错削发做了尼姑;有吹了一辈子洞箫的七爷;有玩着泥巴打仗游戏的狗蛋儿;有连儿子也下不赢的棋王六顺爹;有买了傻媳妇的湍;有比画一个手势的哑巴天青女人;有“我”的爹娘;有村头的柿树;有老屋、老家;有关于故乡的所有记忆。

看茨园的作品,就好像在看一部多幕剧,一个个人物,一段段故事，各色人等的喜怒哀乐、悲欢离合渐次上演，生动清晰地为我们勾勒出一个具有现代传奇色彩的村庄——“故乡”。

茨园是讲故事的好手。他就像夜晚一盏油灯下的说书人，响木一拍，张嘴就来，前尘往事，鸡毛蒜皮，讲到热闹处卖个关子，说到得意处哈哈大笑，听者无不被他吸引，真的是“耕者忘其犁，锄者忘其锄”。和大多传奇故事不同，他的故事大多发生在现当代，那些人物就像我们的左邻右舍，熟悉亲切，那些故事仿佛就发生在昨天，充满了乡野意趣。

《女红》是茨园作品里年代稍微久远的故事。女孩儿的心酸，暗涌在结尾的喜庆里。莫说值与不值，别谈是否被辜负，心动和情痴的缘由也都无所谓，真相可能就是如此。女孩儿激起的终归只是男儿志气，自己交付的却是青春和一生的柔情。

最让人唏嘘的是宝少爷掀开盖头，看到十七八岁的新娘子，却“喜眉笑眼”。世间最让人痛苦的情感，莫过于你爱的人结婚了，新娘(新郎)却不是你。茨园为我们塑造了一个美丽能干的迎儿，却让她当了尼姑，明明喜欢着宝少爷，却不能说，只能为他着急，为他付出，待到他终于振作起来，事业有成时，他却娶了别人。对迎儿来说，这是怎样的一种撕心裂肺和伤心欲绝，茨园却绝口不提，只说宝少爷将又会是麻家大院的主人，他“喜眉笑眼”，这样的热闹和喜庆，更衬托了迎儿的哀伤。这是说书人常用的手段，是高手的写法，声东击西，由此及彼，这样会达到更好的表达效果。

和《女红》有异曲同工之妙的，还有《洞箫》。七爷喜欢吹洞箫，最喜欢坐在路口吹《蓝花花》，七奶却最不爱听七爷吹的就是这个曲子，两口子一辈子“打仗”，七爷打七奶，七奶叫着苦哭，直到七爷去世，手里还紧紧攥着那个洞箫，七奶硬是从七爷手里把洞箫掰出来扔进了火里。七爷死了，七奶倒开心地过着日子，只在偶尔提起七爷时，勾起她的眼泪。七奶的苦还可以哭出来，而七爷的苦，七爷心里的伤心往事，情牵梦萦，却只有洞箫知道，只有那一曲《蓝花花》知道。七爷的故事无疑是精彩忧伤的，但茨园同样只字不提，一切留与读者去想象，去揣摩，去感叹。这种沉默，犹如投掷到意识深井里的石子，反而激起了更大的回响。不说似乎比把故事给说出来，更折磨人的神经。

《棋王》中的故事终于有了“后来”，长大后的小子突然看穿了事情的本相，爹爹的神技背后，呈现的是娘亲那温润如水的柔情。但他终归还是缺乏人生的历练，当他还在“事实与真相”里犹豫徘徊时，却忘记了娘亲已经用了大半生做了她自己的选择。对或者错，是一个不用回答的提问。因为“真相”里的是非没有意义，“事实”中的幸福美满，才是选择的根本。

有些幸福似乎又只是徒有其表,在《柿树》中的幸福背后,有着一种对另一种幸福的“剥夺”的味道。于是这种看似的幸福里,总弥漫着一种亦真亦幻的感觉。或者更残酷地说,“幸福”似乎变成了一体两面:一面带着微笑,另一面则是露出獠牙。在《手势》中,甚至作者也沉默了下来。情节发展到无可再发展,一切都淹没在流逝的时光里。可能也只有这样。就像《手势》结尾所说的,我们也许只能去审视我们所能容纳得下的那种,并且可能无法用言语表达的那个“真实”。因为“人”本身就是一道不可解之谜。

茨园正在形成自己的冷幽默式的叙述风格,如同说书人惯用的手法一样,茨园还擅用短句子,让故事的节奏变得明快紧凑,牢牢抓住读者。在《女红》中,他写迎儿劝宝少爷:“宝少爷苦笑,不语。勾头时,身子却猛一激灵:迎儿眼泪哗哗的。”短短几句,准确传神地勾勒出了宝少爷和迎儿当时的场景、心境。在《游戏》中,孩子们偶然发现了头盖骨,于是,战争的暗线被点燃,“起伏中,厮杀,格斗,爱情,亲昵,呐喊,哭泣,为这个乐章增添着跳动的音符,在天明之前,成为明天的过去”。当时的轰轰烈烈、硝烟弥漫,顿时在眼前展开,一幅幅画面、一场场过往都浓缩在这短短的几十个字中,可谓经典。

“人”的故事,既是文学的来处,也是文学的归宿。茨园的作品《手势》中有这样一句话,或许可以作为他对于自身创作的归纳和回答:“诉说一个弱小生灵所能审视的真实。”但他同时继续在文中说道:“可惜,这种真实终是无法用语言来表达的。”因此,在茨园的小小说中,留给读者的总是一个个未曾彻底讲述的故事。似乎也只有通过这些似完未完,甚至是模棱两可的情节截流,才能把那言语中所无法尽说之意,掬一捧到读者面前。

甘桂芬:于细微处见功力

在热闹的小小说创作领域,作为有成就、有影响力的女作家,多年来,甘桂芬属于那种低调内敛、默默笔耕的写作者。开封古城的悠久历史与文化底蕴,成了甘桂芬写作源源不断挖掘不尽的素材宝库,多年来专注于传统文化的收集整理,探寻古城人与物的历史传承,发现与寻找历史与现代的契合点,通过文学形式的审美,让凝固的历史焕发出鲜活的生命力。她善于将生活素材与文学艺术巧妙结合,坚持精神向上,目光向下,善于用朴实的笔触描绘平凡人的梦境,朴素的文字透露出对人性的探讨以及对世俗生存的关注。

甘桂芬的写作视角倾向于市井平民,关注社会小人物的喜怒哀乐,把小小说创作当成了体察生活的通道。《你不知道我多不待见他》人物刻画不事雕琢,通过老婆婆对故去老头子絮絮叨叨的数落,巧用逆反方式表达了两人一辈子缔结的爱恨姻缘。时过境迁，包办婚姻的不如意早已经被生活磨砺成了相濡以沫，男人的刚烈脾性却成了女人自强自立的动力。不娇惯孩子是懂教育，让孩子断奶是疼女人，以往诸如此类的生活琐事，而今皆是老婆婆念念不忘的爱意表达。

尤其结尾处，儿子、儿媳欲接老婆婆进城，老婆婆对老头子的不舍之情溢于言表。“我去可以。我要不去，你们两口子也记挂着不放心。只是我进了城，你们一上班，谁跟我说话哩？电视？电视上的人说话叽哩呱啦，我听不懂。要不，我就带上老头子这个匣子，生气时候，也好骂骂这个老东西？”如何让一篇人物普通、语言平实、故事庸常的作品，能够让人眼前一亮呢？当然只有在素材的艺术处理上协调到位，人物情感表达恰到好处时，才能让阅读者为之动容。

顾名思义，《棋子》是一种隐喻性象征。社会生活俨然是一棋局，总有那么一些人置身其中，要么成为棋手，要么一不小心成了别人手中的棋子。生意人信奉的“关系就是生产力”的信条，虽然滋生了官商勾结的腐败现象，但隐其背后的则是官场的权力角逐。主人公周先成喜好广交朋友，待人接物平易近人，所在的权力部门和主管业务，令许多公司垂涎，于是难免有所谓的朋友老板以“行贿”来达其目的。周先成婉拒的方式颇为特殊，以朋友的身份和感情同老板推心置腹，暗示其将这份贿赂送给常务副局长刘显贵，效果会更佳。老板依计而行，果然成功。利益的背后是权力的阴谋，老局长退休，接任人选呼声最高的刘显贵，因为受贿被立案调查，座次排在刘显贵后面的周先成，无论年龄、学历、资历、能力，还是群众基础都不错，尤其是经济上没什么问题，被宣布担任局长职务。

常说官场如战场，有才智不去用在工作上而是工于内耗，这种现象古往今来屡见不鲜。难的是作者以棋手与棋子的新鲜比喻，以及它们之间的角色变化，引起了读者的阅读趣味。细想这一切不过是周先成设的一棋局，那位行贿的老板和受贿的刘显贵在不经意间都做了别人的棋子。人物内心的阴暗心理、龌龊手段与温文尔雅的表象形成了鲜明的对比，作品在揭示某些官场人物的道貌岸然以及扭曲的内心世界上，可谓不动声色，纤毫毕现。道具是写作的一种借力，能“言有尽而意悠远”。一种道具是外在的，是我们看得见、摸得着的物件；另一种是所谓“意象”中的，是那种我们看不见、摸不着却分明能感受到的东西。道具若能使用的得心应手，写作必然会事半功倍。

开封古城是一座闻名暇迩的历史文化名城，一般来说，人们的视线容易聚焦于大人物、大事件、大趋势、大结局，而作家甘桂芬却钟情于在细微处，寻觅历史缝隙中小人物的爱恨情仇和命运走向，即在骨骼分明的轮廓里，一点一滴地注入血肉使其丰满润泽，为读者呈现了一副生活气息浓郁的古城风物人情画卷。

《若得山花插满头》一语出自南宋严蕊的《卜算子》:“不是爱风尘,似被前缘误。花落花开自有时,总赖东君主。去也终须去,住也如何住!若得山花插满头,莫问奴归处。”词婉意切,表达了一个弱女子误落风尘,内心向往自由的可贵气节。甘桂芬依据历史传说重新演绎故事,侧重于表现人物的独立个性。

一个风尘女子卷入政治斗争,不谈政治倾向,不论儿女私情,而是以一个独立自我的姿态出现,不卑不亢的态度表现了身处卑贱却凛然自重的内心独白。一个自珍自爱的弱女子沉浮于乱世之中,丝丝缕缕的幽怨和惆怅背后,透露出多少耐人咀嚼的复杂情愫。在千把字的篇幅里,重述历史人物和重要事件时,其素材选择与情节设置、细节刻画,对于塑造人物形象和展示别样内涵,又显得多么重要。

《名字》写了一段著名的历史节点。显德六年,后周世宗柴荣驾崩,殿前都点检赵匡胤趁机策划了陈桥兵变。作品没有直接去写赵匡胤对夺取皇位的事蓄谋已久,而是通过叙述者的视线,追踪着赵匡胤的一举一动。“在最需要支持的时候,赵匡胤一直追随其左右,征战沙场,身先士卒。他们有共同的志向:一统天下,为万世开太平。先帝临终前把他安排到殿前都点检的位置,不知是真没看出他的野心,还是有意要把江山托给他，让他实现自己未竟的宏愿。”

赵匡胤的篡位，是否是宫里宫外的某种默契不得而知，但显而易见，大家都在质疑皇宫里那个七岁的孩子和藏在深宫不谙世事的年轻太后，他们是否有能力治理好这个危机四伏的国家。赵匡胤在陈桥兵变中与兵士约法三章：不得惊犯太后幼主，不得侵凌大臣，不得侵掠京城，为一场不见“腥风血雨”的政变披上了一层温情的面纱。这场政变未伤害多数人的利益，人们似乎也并不在意谁做皇帝，只是关注这个皇帝是否有能力维护国家安全，让百姓安居乐业，前朝旧臣们的俯首称臣，似乎也成了一种顺势而为。作品叙述能在“谋逆”的传统评判上，融入了人心向背，立意明确，富有哲理。文学的诠释，在“自圆其说”的基础上，勾勒的只是一段试图穿越的历史而已。

《塔灵》写出了一种精神的坚持和固守。灵动的情节和文字叙述，想象力生动而丰富，像一则萦绕着浓郁气氛的宗教故事，并营造出一种优美的意象，赋予了开封铁塔以灵性。它降生之日，就担负着守护这座城市、为这里的人们祈福的重任。在经历了金兵侵占东京城、洪水的泛滥、日本的侵华战争、数次的天灾人祸后，塔灵与塔身似乎才真正地合二为一，成了一座城市的精神象征和情感寄托。作品以物喻人，笔下流淌着对故土的热爱和眷恋，对外来侵略者的坚决抗击，在弘扬民族精神和气节的同时，体现了人们的坚强意志。

甘桂芬是哲学硕士，又长期在行政、文化部门任职，有评论家说她具有“巴尔扎克式的尖锐剖析，有异于年龄的哲人气质”，用朴实的笔触描绘了“平凡人的梦境”。她创作的《夜市》系列小说，以鼓楼夜市附近居民新中国成立以来几十年间，三代人的生活经历为主要表现内容，拟采写100个市井人物，探寻开封人乐观向上的精神基因，反映开封人真实鲜活的生活风貌。

马均海:现实与情感之间的距离

马均海的小小说创作体会是,将自己所熟悉的生活变形处理,让现实人生与艺术空间交融。“生活是一切文艺作品创作的源泉,也是艺术家想象的源泉。深入生活,理解生活,热爱生活,用严肃的态度对你熟悉的生活进行创作,就一定能创作出具有一定社会意义和人生意义的好作品来。”

严谨的创作理念融于马均海的作品中,生活气息浓郁,人物情感饱满,尤其攻于心理描写,感情细腻,触角敏感,隐见一颗心灵悸动。《残月》以一个妻子的角度追念逝去的丈夫,夫妻情深溢于言表,通过描写生活细节,展现了一个农村教师的师德以及敬业精神。作品没有直接去讴歌一个基层教师的敬业精神,也没有以此事迹大力宣扬,以期达到一种社会榜样效应,而是通过一个妻子的视角,委婉地讲述了一个感情故事,用一件拖延多年才织就的毛衣为道具,写尽了农村基层教师的清贫。似在淡化人物事迹的榜样效应，其实只是想用一种温情的方式弘扬这份感动和责任，以此足见此文别具匠心。

顺着乡村教师这个线索，从个人的人生际遇，讲述到了乡村所面临的深刻问题。从一个家庭的痛苦，隐喻乡村群体未来出路的困局。以“残月”点题，把这种悲剧因素，用凄美的景象勾勒成形，试图通过这种艺术化的效果，再次唤起人们对乡村教育问题的关注。

《寒秋》演绎了一首感伤的岁月之歌，抒情的文字、含蓄的情感泛着淡淡的忧伤。站在一个庞大的时代背景里，只写了两个人细微的情感波澜。在阶级身份成为衡量一个人和家庭的社会价值的那个时代，情感因素的考量自然无法免俗，人生的走向也必然会受到家庭出身的牵连。由此所造成的生活波折，产生的情感撞击，多年后再重新面对，自然就具备了更多的纠结和惆怅。个人是非夹杂着时代的沉重感，挥之不去。作品有一段关于命运的比喻极为形象：“人好比残留在寒秋中的种子，被来年的大风吹向四面八方，有的落在肥沃的田地，有的落在荒凉的沙漠，有的落在贫瘠的土岗。”

作品不再诉说瑞雪婚姻的不幸，而是感伤岁月的流逝，淡漠了生命中的许多东西，却又让感情于斑驳风雨中释放开来，历经流年而不风化，用一种诗意的过渡演绎了人物命运的悄然转变。瑞雪的前一段感情结束了，新一段感情近在咫尺，命运又给予了主角一次选择的机会。结尾处理得非常诗意,方竹用思念推开瑞雪的柴门,瑞雪则刻意用不相识回绝,却始终无法隐藏住那一院子代表思念的绿竹。作品寓情于景,抒情的文字诗意盎然。

只有文字简略,才能让作品内容多些想象的空间和意味。《雨中的菩提树》不仅淡化了人物和情节,甚至淡化了结局,给人一种扑朔迷离的感觉。构思大胆,人物几乎没有言语和行为交集,唯有通过眼神和心理感觉来捕捉一种心灵默契。显然这种情感表达方式又是成功的,主人公在最后有了一次书信沟通来验证彼此的感觉交流,读者也感同身受,微妙的心理效应营造出一种美的意象。情节紧紧收拢在个人的情感世界中,所呈现的情形、欲说还休的情节处理,无不在体现着"菩提"两个字的禅味。作者与其说出一种结局,不如让读者去得出不同结论。这种对于情节讲述的收放,把文学创作的诸多可能和艺术的魅力体现得淋漓尽致。

马均海表现人性善恶的作品,往往将故事写到极致,用一种绝境反馈人性的本质。《乞丐女》中的桂姨与众不同,性情温婉又知礼数,作品没有直接讲其背景来历,仅在点滴细节中隐隐透露了她为情所困的生活经历。这些过去式,作者也是一笔带过。桂姨讨饭行至村庄,栖身于空落的小庙,与村民和睦相处,用绣花手艺相帮村民且不计报酬,因此获得了村民的好感和喜欢。不论她的内心有多么不堪的苦楚,自若的生活姿态依然透着一股子韧性。田老八是桂姨的仇人,而桂姨却是他的恩人,如此角色对比更能体现人性善念的一面。

这个乞讨的女人不知道来自何处,最后也不知她会回归何方,就是这样一个女人,似乎具备女人应具备的所有美德,她的遭遇,让人一言难尽。审视其造成的因素,似乎和追求自由的情感有关。然而观察她所身处的那个社会环境,显然对情感的自由追求并不被社会所宽容。这种个人情感和社会规范的冲撞所折射出来的悲剧,由此而引出的思索,或许也是促进社会文明进步的一个动因。

《鬼灯》是新聊斋,作品几近理想化了冥界,和睦相处、互帮互敬、夜不闭户、路不拾遗,其安居乐业的景象不正是我们所向往的理想生活吗?借用冥界反喻现实,用极端的生死换位揭露现实的丑陋。和以上那些篇章或明或暗的艺术呈现不同,《鬼灯》应是直白的讥讽。借助梦境引出了一个荒诞的场景,打破了生死的界限,铺排了阴阳相隔的种种不同。这种反常的手法处理,不合逻辑的讲述方式,其实恰恰是在表达对于现实人生的某种寄托。其中的恨意有多浓,对现实的关切就有多深。讽刺不是出于绝望,而是因为依然有萦绕着的不舍和期待。

马均海的这些作品,并没有试图给诸多不解寻觅出医治的良方。实际上,文学也并不是解决社会问题的有效工具。但它的警醒作用,促进思考的现实价值,被作者很好地通过艺术化的手法,呈现了出来。而这也是反映社会问题的小说所需要达到的程度。

张玉玲:爱的咏叹

在牧野大地上,有范子平、赵文辉、安庆、田双伶、葛长海、赵长春、金昌等一批各具艺术追求、其作品又能各臻其妙的小小说创作高手,他们以一种精短的文体写作,装扮出一方色彩斑斓的文化锦绣,曾有人专门撰文称其“新乡小小说现象”。

新乡女作家张玉玲的小小说写作,同样值得关注。

2008年,在小小说作家网组织的第二届“小小说新秀赛”上,张玉玲脱颖而出,在四轮淘汰赛中以四篇颇受好评的上佳作品进入优胜十强。虽然大多数网友的作品是随性速成、恣肆草率和文学边缘化的,但张玉玲却一直把握着严肃文学创作的主导方向,坚持的依然是“思想内涵、艺术品位和智慧含量”的综合质地,并以此为契机,奠定了致力于文学写作的坚实基础。

她的小小说作品曾荣获《小小说选刊》的双年度佳作奖,

有作品被选入《中国当代小说大系》《建国60周年文学作品选》《新中国60年文学大系》等多种重要选本，作品共计300余篇。并出版了单本集《风的感觉》。

张玉玲的小小说有着鲜明的个性：选材上的小资情调，文字描写上的柔美婉约，情节上的缠绵悱恻，世俗生活仿佛与作者无关。那些红颜薄命、多愁善感的女性，在与命运的抗争中依然注重平静之下的潜流暗涌。《为生命雕刻》《墙壁上的微笑》《风的感觉》和《烟灰》，一路用华丽感伤的文字，编织着“小我”的故事，在个人感情的世界里遨游，仅说与“小众”听。俊男靓女的白领人生，咖啡屋烛光下的“中产阶层”，这些现代生活中的活跃元素，构成了作者笔下精心雕琢的对象。

《风的感觉》或许能成为她唯美文风的经典之作。主人公在执着于事业的拼打中，始终固守着初恋的情愫，任凭弱水三千，我只取一瓢饮。通篇语言简洁流畅，空灵飘逸，写法上虚实结合的两条线并行不悖，并留下雪泥鸿爪一般的空白，供阅读者想象回味。《墙壁上的微笑》萦绕着环保与美育的内在联系，在从容舒缓的叙述中，以苍凉的事实来刺激读者的末梢神经。《烟灰》的男主人公温文尔雅，放浪且自知自省，女主人公冰雪聪明，不乏主见。袅袅升腾的烟雾可以不留纤痕，那曾经在心灵深处泛起的爱意真的也可以飘逝得无影无踪吗？现代人的生活，正徘徊于传统生活的边缘。

《车窗外的风景》《爱上三毛》《经典演绎》《等你半个冬天》《很远的笛子》《一支烟的时间》等等，其作品风格像是一个高明的陶艺师制作的系列产品，虽形态各异却质地稳定，无不打上了作者的鲜明烙印。读张玉玲含蓄隽永、娓娓道来的语言，像夜晚听到的萨克斯管演奏的曲调，一阵轻风滑过山冈，月光下弥漫着些许惆怅与忧伤。张玉玲追求的唯美，是一种浅吟低唱的缱绻的美。其作品以细致入微的社会洞察力，诠释人与人之间的爱与冷漠，深受读者喜爱。

对于极其限制字数的小小说的开头，张玉玲从不敷衍下笔，一定会煞费苦心，常以一种貌似漫不经心却是巧妙布局来引人入胜：

是一列慢车。慢得让人心生绝望。《车窗外的风景》

木子是涂涂陶吧的老板，偶尔的，我会把我的某段时光浪费在他的陶吧里。木子常用一种让人感觉很久远的语气，在某个下午，在某一杯茶的氤氲气息里，向我讲述一个听起来很老的故事。《陶艺》

我是一个灵魂，一个伏在一粒尘埃上的灵魂，确切地说，我此刻是一粒尘埃。《一粒尘埃》

见过左一的人，都说他是个有故事的人，无论故事藏在他的过去还是将来。《风的感觉》

著名小小说作家刘建超说，张玉玲的小说里许多篇幅没有故事,或者说没有一个完整的故事,许多的作品只切入一个故事的片段,便在这片段的局限里弥漫情绪,触摸感觉。她在用感觉写小说,抑或她在小说里写感觉。女作家非鱼说,张玉玲为小小说中的主人公取名大都带有一定的暗示性,符合人物身份,符合故事发展的需要,具有时代感。名字的含义和这个人物本身相吻合,给作品的内涵增色不少。他们的评论对张玉玲的文风和风格给予了极大认同。

当下的小小说领域,已经形成了庞大的民间创作队伍,一大批年轻的小小说作家以不俗的创作实力,日渐融入主力阵容。小小说的纯文学写作是保证这一新兴文体健康良性成长的基本条件。之所以说张玉玲等人的成长,正在成为小小说创作领域的朝气蓬勃的中兴力量,正是因为他们始终坚持着文学创作底线,小小说文体不用担忧因时尚读写而滑入通俗化写作的泥淖。常有人质疑小小说文体究竟能走多远,也有研究者探索小小说何以 30 年兴盛不衰,我认为其中最主要的因素在于,小小说写作者后继有人。

张玉玲的创作题材或许并不宽泛,似乎也缺乏所谓"宏大叙事"的开掘透视,从某种程度上说甚至显得狭窄单一,有些作品的基调也显得"灰色"一些:个人情绪、爱情、小人物生存、花草、咖啡馆、白领丽人等,但这并不影响作品折射出来的生命本质和美学底蕴,文学写作本来是极端个性化的活动,作者凸现出来的文学潜质、艺术追求和写作才华，在作品中虽有圆熟和稚嫩之分，仍不乏惹人眼亮者。

读中外名著，偏爱张爱玲、三毛等，在塑造一个个小说人物的同时，张玉玲也在努力塑造出一个与众不同的自己。

梁小萍:感伤在内　用意曲折

近些年来,随着小小说文体、小小说作家与小小说刊物在读写市场的悄然崛起,曾不断有人问我,这里面有着什么样的内在因素,它究竟昭示着什么样的前景?

因为职业关系,我的体会是:在相当长的以农耕文明为主体的社会生活里,文学写作、文学作品或文学传播,大都以长的(作品字数)、厚的(出版物)、贵的(售价)和精英的(文以载道)为主流的选择倾向,而今人类进入工业文明社会,一种全新的读写方式正改变和影响着人们的生活。小小说的产生与繁荣,似乎对约定俗成的文化观念有着某种主动调节的意味,它以短的(1500 字以内)、小的(刊物便于携带)、廉的(便于购买)和大众的(雅俗共赏)形式灵活出现,不仅是对读写习惯的一种有益补充和取舍,更为重要的是,它更加适合当下人们对生活节奏提速的便捷文化需求,有着旺盛的生命力。所以有人说，唐诗、宋词、小小说，都是在国家相对稳定和富庶的时代背景下，在思想解放的大环境里，才能够催生出来的具有“群体写作兴趣”的文学现象和文化盛事。

然而进入到新世纪以后，随着全球交通运行的四通八达，特别是互联网与手机的出现，一种具有革命性的读写平台进入了人们的视野。纸质的、平面的传统读写，一夜间转化为网络的、数字化的现代读写。从某种意义上讲，如果说小小说读写对长小说读写还只是一种补充和取舍的话，那么数字化读写的未来趋势是，它正在从根本上改变我们以往的文化接受途径乃至直接进入日常生活，而我们除了亦步亦趋的跟进，几乎别无选择。

小小说有大众参与阅读、大众参与生产等诸多先天优势，在无障碍的网络、手机、动漫乃至微电影等数字化传播中，小小说会在现代传媒领域愈加活跃。譬如，有一拨儿痴迷“蚂蚁小说”或叫“闪小说”的，他们把故事自觉约束在600字以内，这种比小小说还要精短的形式，不仅方便在手机或网络读写，在当下时尚流行的图文并茂的彩色读物中也大受青睐。这种以小小说（蚂蚁小说、闪小说、微小说）为主要写作文体的广泛参与和后继有人，同样体现出一种与时代同步的文化繁荣和创新精神。

几年前，梁小萍对挑战600字极限的“蚂蚁小说”情有独钟。她曾创作发表了百余篇“蚂蚁小说”，散见于数十种国内报刊及菲律宾《世界日报》、泰国《中华日报》和《越南华文文学》等海外报刊。2010年，她参加了“金蚂蚁奖”评选，参评作品《没有记忆的父亲》《自尊》等一组10篇获得入围奖。然而写着写着，她总觉得自己写作的题材、人物和情感受到某种束缚、局限而不能充分表达，而小小说的1500字似乎更适合去尽情发挥，所以选择了小小说写作。在庞杂的写作领域里，许多人不停地在寻找着合适的表现方式，这样的“由短及长”的转变亦属司空见惯。

2011年，《小小说选刊》《百花园》集中刊发了梁小萍的10篇小小说：《没有生日的妈妈》《幸存者》《十年》《发生在三楼的大地震》《后来》《三代》《精神》《禁飞区》《栀子花香》《想念温柔》。这些作品之所以令人眼前一亮，是因为作者希望自己在一个真实的历史背景下，探索出一种长久的有价值的发现。它需要站到不同的高度和角度，用不同的视角去观察看待同一个熟悉的或陌生的领域，探寻事物的不尽相同的变异和答案。她认为，表现主题思想要允许有一点边缘化的模糊，有一点模棱两可的思辨，力求解读人性的多样形态。

《幸存者》成为梁小萍初出茅庐的代表作。或许是出身军人家庭的缘故，耳濡目染，对父辈曾经的战火经历饶有兴趣。作者在这个战争故事里，讲述的是一场激烈的战斗后清理阵地的场面。战士埃布尔苏醒后，发现自己没有致命伤，心里顿生劫后余生的庆幸，可是这时又发现对方士兵正在打扫战场，于是心态又重新陷入极度对峙的状态。一个举着刺刀，一个拉着手榴弹弦。这一段的心理变化，是真实生动的。在那种特定的环境（清理战场时）里，真正面对生死时，瞬间的犹豫和抉择，放弃了你死我活或者同归于尽的极端化处理，双方都成为这场战斗的幸存者，或许还上升不到信仰丧失或怯懦畏惧的高度。作品主人公名叫“埃布尔”，译文“生命”。这似乎是一个边缘化主题，不同人群阅读后也许会有不同的理解和感受，而作者在该文中所传递出来的信息，也契合了某种多元化思维。

后来，埃布尔渐渐淡忘了这件事。再后来，埃布尔又常常想起这件事，而且越来越清晰。战争是残酷的……他只有一个选择，就是与敌人同归于尽。可是当他听到敌军打扫战场的士兵，面对活着的他却说没有人活着时，他犹豫了。他不知道这个士兵的回答是给了他一次生存机会还是给了士兵自己一次生存机会，但是他确信自己的犹豫给了那个士兵一次机会也给了自己一次机会。

埃布尔不知道那个士兵会不会像他一样活到老，可以安逸地坐在家乡的老榕树下，喝着自己酿造的红葡萄酒，慢慢享受夕阳的落幕，但是他真心希望那个士兵活着。

战争中的柔韧与诗意，历来为残酷与无情的环境染上一抹亮色。当年苏联的《这里的黎明静悄悄》曾令人在啧啧称道中唏嘘不已。著名小小说作家刘建超对《幸存者》评论说："战争是为了和平，和平的终极目标是国家的安宁和个人的幸福。所以当战后多年，埃布尔在老榕树下享受葡萄酒和夕阳红时，也由衷希望当年敌方的士兵同样能活至如今。这是个能唤起不同的人进行多方位思考的话题。小小说的以小见大不是简单的故作深奥，而应是微言大义，言近旨远。本篇小说的结尾可谓神来之笔，让人咀嚼再三回味无穷。"

《瞄准》其实是对战争中人性的另一种惊悚感觉。在特殊情况下，人性往往会有某种不可抗拒、不可思议的表现。狙击手在战场上神勇决绝，在和平年代的刑场上却优柔寡断，同一个人在不同的环境下竟会产生如此截然不同的表现。人生的准星为什么会摇摆不定，我们所期待的定位会存在吗？

《跑来跑去》中父辈这一代战争老兵均来自五湖四海，追求和奉献，执着和坚守，为了同一个信仰付出了一生。然而那些主人公所熟悉的叔叔伯伯们离休后虽然各奔东西，可是去世后却不约而同地要求回到海南岛烈士陵园。"就在把父亲（骨灰）送回海南岛后，韩青明白了，海南岛才是自己的故乡。原来故乡还有一种解释，那就是生你养你的地方，而不是户籍上那冷冰冰的几个汉字。"

据作者讲,《新闻旧闻》取材于身边一个老人的故事。一个国民党遗孀在新中国成立后经历了多年的劳教改造,但是遗嘱上要求水葬。一位 90 岁的老人能有这么新式的观念,在大多数人的眼里,特别是年轻人的眼里实属意外,而事实却有点滑稽乃至荒诞。原来,女主人公是要死后去见当年逃往台湾时丧生大海的国民党丈夫。感情问题不是立场问题,劳教改造的是思想而不是感情,有时候感情和立场是一回事,有时候又是两回事。

《和一只兔子谈感情》解读的是一个再婚家庭要面对的融合问题。一只兔子尚能培养出感情,更何况是人。虽说人世间有血缘关系,人与人也不乏亲疏远近,但动物的诉求却比较单一。有付出不一定有回报,但人总要活在希望和美好的愿望中。

梁小萍注重小说故事的真实性和现场感,善于营造身临其境的氛围。文笔流畅,表达力极强。尤善刻画人物心理,层层递进,含蓄有致,显得生动清远。"感伤在内,用意曲折",属于柔婉一格。

当下是一个价值嬗变的时期,思想观念的新鲜、独立和多元,加上优越的教育条件、便捷的信息渠道和独特的个性气质,让年轻的写作者有着与生俱来的文学探险精神和蓬勃的创造力,以及对于表达的渴望和锐气。近些年来,文学越来越边缘化，小小说的写作人数如过江之鲫而精品却似凤毛麟角，小小说作家的批量生产也大有无限泛滥之势。但仍有一部分优秀的小小说作家，始终坚守着文学创作的基本底线，通过真诚的努力，不断地提升小小说作品的品质，这种耐住寂寞的写作与坚守，尤显难能可贵。

曹洪蔚:汴梁人物风情录

把目光追寻到千年前,开封汴梁城是全世界最繁荣的大都市之一,历经沧桑,繁华落尽,如今新芽绽放,它的名胜遗迹、环城古墙、楼台亭榭依然让人驻足流连,乃至有关的帝王将相、文人骚客、三教九流传说,依然能展现出它们旺盛的生命力。历史纵深处的人文脉络,散落在民间的人物故事,古都的兴衰与人世的悲欢离合,令古往今来的读写者凭吊吟诵,感慨不已。作为一名开封人,作家曹洪蔚显然有着得天独厚的条件,他的汴梁城系列小小说写作,向读者徐徐展开的是一幅昔日皇城的博物志。

北宋官窑青瓷,据传由宋徽宗亲创,乃瓷中精品,为历代文物收藏家所青睐追捧。小小说《官瓷》即围绕这样一件古意盎然的"官瓷"展开,讲述了一段发生在今天汴梁城古文玩市场上两位藏友之间的故事,读来感人至深。古今收藏界,历来都是鱼龙混杂，所谓的收藏大家、行家里手，其中为私心物欲所驱不择手段弄虚作假者有之；视藏品如生命或看走眼买回赝品，为此倾家荡产者有之；当然，也有像曹洪蔚笔下的这两位主人公赵乾运与杜芝勋一样，他们苦心孤诣，以收藏乐此不疲，始终固守生活中比文物珍藏更为珍贵的东西——友情。平平淡淡的日子里，二人的友情看似若即若离，从不显山不露水，在朋友陷入危难之际，二人却相继以同一件青瓶官瓷的名义，向对方伸出援手，甚至不惜以卖房为代价救朋友于水火之中。

从小小说的结构来说，这篇小小说算不得特别好。原因在于作家将人物故事都编排得过于传奇，太多巧合太过刻意，难免会给人一种凌驾于生活之上的虚假之感。但作品中寄予的情感与理想，却并不显得矫揉造作，非常动人。在当今这个物欲世界，能有两位主人公这样不计一切的生死情谊实属不易。世间官瓷是藏品中的瑰宝，然而比官瓷更宝贵的是人性与人情。哪怕一件价值几百元的官瓷赝品，因为两位藏友的生死情谊，它必将会成为二人心目中的稀世珍品。

与《官瓷》中所描写的两位藏友正好相反，在《菊匠》中，作家则向读者展示了另一种让人五味杂陈的世相。同样是两位行业翘楚，一位是菊城养菊名匠满庭芳，一肚子养菊种菊经，种出的菊花曾以花多、花美打破世界吉尼斯纪录；一位是名动汴梁城的大画家田耕夫，所画的梅兰竹菊图，多少人重金难求。满庭芳精心培育的一盆菊花盆景被前来观赏的田耕夫相中，田耕夫欲以重金购下，满庭芳却以“名花有主，这花如被懂花识花的人所有，也算一件幸事”为由，将那盆他精心培育的菊花拱手相送，田耕夫则以“来而不往非礼”为由，送一幅闹菊图给了满庭芳。

故事若在此打住，无非又是一段高山流水知音相惜的佳话，作家的笔锋却在此急转而下，把这一段原本美好的人物与故事，置放到当今滚滚红尘物欲世界。当满庭芳得知自己被田耕夫抱走的菊花盆景身价倍增，他原本坚持的那份知遇之感也荡然无存，“那晚，满庭芳失眠了”，而他的妻子更是气愤不过，竟将田耕夫送给他们的闹菊图给孩子当擦屁股纸。最后真相大白，那是一幅价值远远高于那盆菊花的名画。

马处长听了，心疼得直摆手，郁闷而去。

这一晚，满庭芳又失眠了。

小小说结局有出人意料之处，会给人留下诸多深思。满庭芳的失眠是为失去的名画心痛还是为自己身上失去的一些东西而自责，抑或为误解田耕夫的行为而羞愧，或许只有他自己知道。人常说人如其名，在这篇作品中，作家为这两个主人公取名颇有意味。菊匠满庭芳，有着文绉绉的名字却空负其名；田耕夫乍听上去像村夫野老，骨子里却极具艺术家的孤傲高洁之气。其间的讽刺揶揄，通过两个人物的名字就已点出。

《绝口》是一篇写得荡气回肠、震撼人心的小小说佳作。一只原本擅长学人语的小小的鹦鹉鸟，竟然拒绝人云亦云，在被茶社主人买回，强迫它练习说一些诸如“你好、好漂亮呀……”这样的恭维讨好之语时，先是急火攻心烂了眼，被治好后又以沉默不语抗争，再逼，竟然一直说着这句话，直到瘫软在驯鸟老者的手里。小鸟“绝口”而逝，驯鸟老者也随之仙逝在茶社大厅里。

一只小小的鹦鹉鸟，为维护自己的生命尊严，宁愿“绝口”而死；一个当年曾经红遍汴梁城的当红小生在倒嗓后的老年，以驯养鹦鹉为生又因一份于鹦鹉的内疚而逝。人与鸟的命运，最后皆以这样悲壮的方式走向终端。一桩原本不该发生的悲剧，最终在某些利益驱动中发生了。茶社主人马六甲为自己的生意兴隆贪心不足让人不齿；驯鸟老人因家生变故，不得不违背自己和鸟的意愿向物欲金钱低头，让人叹惋。

一篇《绝口》，内蕴丰富，将人与鸟的命运交织写来，有对世风日下的叹息与讽刺，也有对生命与自由的讴歌与赞美。尤其对那只鹦鹉最终的“绝口”片段，描写细腻，极撼人心。

遛鸟是每个城市公园中并不陌生的一道寻常风景，它也是汴梁城里的一道风景。曹洪蔚笔下的《遛鸟》却富于文化气息，将这种自徽宗时就遗留下来的王朝遗风，描写得趣味横生。“遛鸟”的历史，“遛鸟”的“遛功”，作家像一位行家里手，将遛鸟文化娓娓道来，让读者在享受着故事的一波三折之时，对遛鸟这种历史文化也有更为深刻的了解与理解。

老郭这个人物塑造得颇为成功，他的善良，他的睿智，还有他对故去的儿子的思念，都寄予在一只他偶然从野外捡回来的小画眉身上。最后，当那只鸟儿被一位爱鸟人士以热爱的名义放飞后，老郭的一番话引人深思：“自高自大，自以为是，自作聪明。放飞？一只还没有驯养好的鸟，你能保证它在大自然中健康生存吗？能吗？”老郭把年轻人留给他的钱撒了一地，愤怒离去。

如何理性地与自然万物相处，如何理性地对待我们身边的一花一木一鸟一兽，也许真的不像文中的年轻人所想的那般简单美好。近年来，爱心人士放生的故事频频上演，多少被放回自然界的小生灵，却因无法适应新的环境，或者再次落入恶人之手而违背放生者的初衷。

“家有石则雅，室有石则安”，普通人眼中冰冷无生命的石头，在懂石、爱石人的眼里，却寄予着种种人生大情怀。汴梁人吉文正退休后爱上养石藏石行当，对养石深有心得，又是“水养”又是“油养”，归根到底可说是“心养”，他用心侍弄的石头都似有了灵性，在遇人不淑之后，竟然如人夜夜呜呜悲啼。小小说《养石》给读者讲述的是养石经，透出的却是石品如人品的人生哲理。

曹洪蔚多年来坚持文学创作，已出版《失恋的村庄》《相思树下》等文学专著多部，作品屡屡获奖。这一组以汴梁城为素材的小小说新作，有奇花异石，有灵鸟奇人，在一份浓郁的文化气息中，折射出今日形形色色的汴梁人的人世悲欢，是一组颇见功力的笔记体小小说。

平萍:“警花”的那些事儿

有人认为,只有小小说写好了,才能具备写长小说的能耐,好像小小说写作只是文学起步的练笔而已。其实大谬。虽然多有初始创作小小说后来转写长小说并获得成功的,但在写长小说的队伍里,同样对写小小说视若畏途的,也大有人在。平萍则是先写长小说后又成功创作出《青玉案》等小小说佳作的作家。可见,每一种文学样式自有其内在的艺术规律。

平萍曾以写中长篇出道,读书甚多且杂。后因痴迷小小说文体而专攻小小说写作,她甚至因此而认为找到了一条更加适应自己创作的道路。譬如《青玉案》写警花追星,因追捧一位“绿茵王子”而狂热、迷惘到觉醒的故事。这篇作品构思绝佳,精确地呈现了主人公微妙的心理变化流程。围绕着青春激情、职业责任和道德天平,作者写得一波三折、发人深省。警察是个特殊职业,对其身份描写的度数不易把握,作者只能一路把擦边球打下去，因为稍有不慎，便会成了说教式的报道材料或流于俗套。平萍之所以能写得游刃有余，枝叶丰润，除了她本身就是个警察外，似乎也得益于写长小说的创作积累。

平萍的《建筑工》蕴含着多义性。人性恶固然像社会毒素一样残存在生活的每一个角落，譬如包工头不择手段蓄意报复的犯罪行径令人发指，然而细细思忖，文中的警察在同情心驱使下悄悄塞给小男孩的三千块钱，却也成为后来事情走向极端的催化剂。坏人可恶，好人可叹，作品具有一定的警世、醒世作用。

平萍在警营多年，参加过反扒打黑，当过派出所所长等。在警察岗位上，她巾帼不让须眉，用青春和汗水谱写了一个个真实的传奇故事；在小小说作家“岗位”上，她勤奋笔耕，从“警花”生涯中汲取创作素材，写出了一篇篇脍炙人口的小小说。平萍的作品数量不是很多，在群星闪烁的小小说作家群里也未能大红大紫，但无论从哪个方面来说，平萍都是一个独特的存在。她的小小说情节密度大，富有激情。更重要的是，她以亲历者的情感视角，写出了一个神秘的、惹人注目的群体——“警花”的生命绽放的方式，让我们看到了“警花”的苦与乐，情和义。

“警花”这个称呼似乎既雅又俗。在平萍已经发表的近百篇小小说里，出现最多的一个“警花”名叫肖，她身上似乎有读不完的故事。肖符合我们对“警花”的全部期待——年轻漂亮、机警干练。这个人物无疑是虚构的，但她的经历，她参与破获的刑事案件，以及她本质上作为一个女人的从警生涯的心态，却让读者看到了一种刻骨铭心的真实。人人都说“警花”潇洒美丽，可谁知道她们的工作状态和巨大的心理压力？在平萍的小小说《狂飙状态》中，肖作为机关女警，被分配到基层派出所就任刑警队长，任务是百天之内完成至少三个吸毒人员的归案，以配合全市的“狂飙扫毒行动”。这个任务看似简单，其实谈何容易——媒体宣传声势浩大，吸毒人员早已作鸟兽散，又不准跨区域办案，完成任务难于上青天！肖抓捕吸毒人员的过程真让人大开眼界，其艰难曲折让人目瞪口呆。先是错抓了女友的亲戚，后是费尽九牛二虎之力抓了一个刚从戒毒所释放的年轻人；之后咬牙大“出血”，拿出给儿子存的学费一万元奖励“线人”，才算完成了任务，最后又因是“外地觅来的人犯”而不算数！“她的心灵深处浸透了悲哀和苍凉。”警察之烦恼，由此可见一斑。

在平萍的另一篇小小说《博弈》中，展示了女警肖的人生轨迹——恋爱、育女，然后是离婚，甚至被人当众辱骂为“勾引他人老公”。从市公安局机关到派出所的片警，感情和事业的沉浮起落，从高潮到低潮，与常人无异。肖的同学，同为“警花”的章菁，人生起点都相差无几，暗地里展开了竞争，却谁都无法笑到最后，因为幸福的伴生物便是痛苦，貌似强大的背后，却是真实的虚弱。警界也是个小社会，竞争法则从属于大环境，社会上该有的，譬如等级、派系、权势，甚至感情用事、男女关系等什么内容都不缺。警察也是人，也有七情六欲。

在平萍的小小说《婚姻狂想曲》里，我们认识了一位“另类”的女警——郎蔓，这个派出所警员气质温婉，言行脱俗亦梦亦幻，穿着一身让人觉得敬畏的警服，本质上却比女人还女人。离婚之后，一级警督郎蔓对爱情的渴望令人感动，借助互联网征婚。然而现实却糟糕透顶，作者写道：“本来，交谈十分融洽的，一听说要结婚才肯上床，便销声匿迹了；原来，相处和谐的，一听说要婚姻便各奔东西了。有愿意娶的，看中的定然是郎蔓的大房子；有乐意嫁的，对方却嫌弃郎蔓的儿子……”这就是现实，面对着强大的潜规则，挂着一级警督警衔的女人仍然是弱者。终于，功夫不负有心人，婚姻至上的郎蔓在互联网上认识了一个学识渊博的中年旅外华人，恋情急剧升温，幸运的是，该人也追求正常的婚姻，双方很快约定了佳期。结局，却让“有情人终为眷属”的美好心愿打得粉碎——失去联系三个月之后，郎蔓才知道梦断异国他乡，男人在如约赶往机场的路上出车祸身亡！此后，女警郎蔓就断了婚姻的念想，并常常谴责自己为什么要“狂想婚姻”呢？这篇作品题材沉重，读后令人唏嘘不已。“狂想婚姻”之于女人有什么错？作者对女同行寄予了极大的同情，让我们看到即使是“警花”也并不总是慷慨激昂的，也有着缠绵凄婉的情感和起起伏伏的命运。

那么，什么是“警花”们的生命主旋律呢？在平萍的小小说《水调歌头》《青玉案》中，我们看到了女警身上闪耀的理想之光；在《菩萨蛮》中，显示了女警办案的细心和机智。

《水调歌头》中，我们早已熟识的“警花”——刑警支队队长肖面对着一件重案陷入了深思。市公安局张局长夫人被杀害，现场就在自己家中，而且没有留下任何物证，家属院的监控探头中也未见可疑人出入，更蹊跷的是，张局长家中多出一个密码箱，内装30万元现金。办案一个月，不仅凶手无影无踪，居然还查出了张局长公子实名存款达百万元！一切怀疑，都指向了内部作案。难道是肖的顶头上司、屡破大案要案的张局长因包二奶而杀害了自己的老婆？案情重大，肖纵然尊敬和爱戴老局长，也不得循情办案。又查知年轻貌美的女记者高兴小姐，主动到市纪委交代自己是张局长的地下情人，并检举了张局长受贿上百万的事实。案情似乎大白，张局长被“双规”。但女刑警肖凭着女人特有的细心和敏感，觉察到其中有惊人的阴谋，便加速秘密侦查，最终发现女记者高兴小姐的真正情人是房地产大亨王品。这时候，“她只有拿到确凿证据，才可以对得起张局长的那一份浩然正气”。通过艰苦的取证，周密的安排，女警肖斗败了真正的幕后真凶、房地产大亨王品，为张局长洗雪了罪名。很难想象，这些扑朔迷离、奇特惊险的故事情节，竟然容纳在篇幅不到两千字的小小说里。情节密度如此之大，却写得从容不迫、游刃有余，显示了平萍对此类题材的举重若轻的驾驭能力。

《菩萨蛮》作为侦破题材的小小说，所描写的人物和案情更加奇特：一个农民暴发户、红星奶牛有限公司董事长在卧室被害。此人有个怪癖，在豪华卧室搭一个草窝，养一头小牛犊天天与他同吃同睡，因为他自小习惯了享受牛粪味儿。现场勘查没有发现任何物证，就在警员准备撤离的时候，女警肖的细心和经验让案情柳暗花明——她一直用无声的语言和那头失去主人流着眼泪的小牛犊交流，终于发现小牛犊蹄下踩着一个凶手遗留的衣扣！这个衣扣成了最关键的证据。这篇小小说显示了平萍作品的一贯风格：可读性强，重视逻辑支撑点，善于用故事情节塑造人物性格。

平萍具有良好的文字写作潜质，观察生活视角独特且敏锐，情感丰富，对生活充满好奇心。如能在深度开掘自己熟悉的创作领域时，进一步把小说故事编排得更加完善精彩，叙述时再稍微克制或内敛些，对于今后的创作将会支撑起更大的提升空间。

赵长春:挥之不去的乡愁

游子一低头或一回首,故乡便会涌上心间。赵长春的“民间医生”系列小小说,以故乡袁店河为生活背景,讲述数位名医轶闻趣事,倾情描绘了故乡故土的风物人情,传承演变。用文学思乡,想来也是对故乡的深情眷恋。

医者在文学上获得了更为丰厚的文学寓意,成为一个重要的文学命题。从对于人自身气理的修养探究,到对于庙堂得失的反思拷问,都会被收纳其中。因为这是一个切切实实的“民生”。所以,“悬壶济世”之类的作品,属于一个具有自我特色的创作类型。它的主题指向灵活并且不缺乏深刻,又是一个很具有现实关注度的话题,无论是在过去、现在还是将来,都很容易引起读者的兴趣。这类的作品,就自然流畅地打开了从文学意象、现实讲述提升至心灵诉求的通道。

为医者,医德为重。《一人二人》中的赤脚医生秦普仁自学习医，尤其喜欢针灸疗法，按照老医书在自己身上试针、拔罐、刮痧找准穴位，寻到稀有中草药方，则试着自己试剂量，经过摸索尝试，久而久之掌握了一定的奇方妙药。比如他用法国梧桐叶熬水催产孕妇，则是根据法国梧桐耐寒去火的植物属性入药，效果立竿见影，于是秦普仁的名声在袁店河传开了。

凭着精湛的医术，秦普仁从小小的袁店河走到了县、市、省，一直走到了大北京。他的针灸"三通疗法"，分为微通、温通、强通，进针融汇八卦功夫运气，讲究心行意，意导气，气运针，针通经，其疗效非同一般。离开袁店河的秦普仁仍然心系故乡，捐资修桥，并且准备在袁店河投资建一所针灸学校，免费传授他的"三通疗法"。"一人二人"一方印章乃是康复患者所赠，拆字为印，意为大仁，心怀仁爱之心的医者秦普仁当之无愧。作品结尾巧用一方拆字印章烘托主题，平添意趣，可解"大夫"，又解"大仁"，盛赞妙手仁心之医德。

《一人二人》中主题到了大化之境。从一个医者的身上引申出了中国文化最核心的一个指向：仁。医者仁心，从简单的治病救人，上升到了心怀天下。通过捐资助学的行为，把一人之心，化为千万的愿景，以慰平生之志。"穷则独善其身，达则兼济天下"，中国传统的这种士大夫气质，在这位医者身上体现得淋漓尽致。

《相公》是弘扬医德的故事。民间医生相国义精通中医中的面诊，强调“望”诊为先，他并不是以此证明自己医术的高明，而是想首先得到患者对自己医术的认可，他认为医患之间只有彼此信任，才是开启治疗关键的一步。行医过程中，相国义非常注重患者的心理波动，素有医病先定心之说。

相国义写过一本书，主要内容是自己诊治过的个案，特别是妇科、儿科的疑难杂症，包括自己的误诊、误治，毫不隐讳地作为资料留存，显示着一个医者对医学和职业的尊重。不料“文革”中他却因为这本医书而被冠以莫须有的罪名，迫害他的人竟然是他曾经亲手救治接生的那个孩子，其原因无外乎人的恩将仇报与大环境使然。被批斗时，相国义还不忘提醒那人要注意自己孩子的疾患，全然一副医者仁心的姿态。作品意在弘扬医者的仁心和医德，医者品为上。作为医者，如若没有深厚的自我修为，难为医。

传统医学，是丰厚的内容传达和文化底蕴的流露。凡医者，关涉的是人，讲的是心，由人之心，通达万物之理，讲究天、地、人三者合一，常谓之“人乃天地之精华，天地乃人之父母”。《相公》的主题提升到了对于时代的拷问和反省。同样还是那一个医生，同样还是那样的医术，同样还是那样的仁者之心，同样还是那样的气度不凡，但是人生际遇的天壤之别，让人唏嘘。如果一切都没有变，那么究竟是什么改变了这位老中医的人生走向？这问题提出得很温和，但是就像中药的特性一样，余味浓烈地萦绕在读者的心智之间。

民间医生游历一方，不仅身怀绝活，且为性情中人。《两把手》中的中医王建生一经把脉患者便知晓病之来龙去脉。其把脉，遍诊，三部诊，寸口诊，尤其讲究时间、姿势和指法，由内到外表现出淡然的姿态。一般医者有此绝活便被称为“一把手”，而王建生的医术更表现在治疗筋骨跌打损伤方面，筋喜柔不喜刚，腕子有功，指法了得，手摸心会，按，敲，抚，揉，在不动声色的运力中，巧劲儿一使，药未到病先轻了几分，于是王建生被袁店河上下誉为“两把手”。

王建生的医术堪称一奇，生活方式也与众不同，颇有女人缘又极尽怜惜女性。作品人物刻画出神入化，其性情的或褒或贬都掩盖不了其精湛医术的传说，故而成了袁店河民间医生传奇中的一员，而其医术没有得到传承才是后世最大的遗憾。《二把手》前前后后虽然最终说的是传承的流失，但是其中不乏生动可读的细节，以及让人百般揣摩的人物性情。在文学意味之余，传统医学的现实困境也历历在目促人反省。反思之余，目光投射的是现实的医疗情景。文学阅读的生动，和对于现实的贴近关注，在这里得到了很好的融合。

袁店河方言，称医术精湛、闻名乡里的医生为“先儿”。《李先儿》中的李泽印三十来岁就被尊称为“先儿”，最拿手的是治脑膜炎，自配中药“香菊温中汤”。看其配方，无非袁店河畔的花花草草，却疗效显著。村中小辈时少立从医学院毕业后也开了个诊所，很想得到李先儿“香菊温中汤”的真谛。李先儿直言方子已给，至于时少立按方配制出的“香菊温中汤”的药效小，只不过中医越老越吃香，以别人不信任年轻人为由作解释。时少立在一次配制“香菊温中汤”药方时，无意中发现本地松香远比海南沉香药效好，并且事后毫不隐瞒地告知了李先儿，却不料李先儿顿时急火攻心，原来这正是李先儿刻意隐瞒的一副主药。

老话说，教会徒弟饿死师傅，想来李先儿一早就留了后手，只是为医者留后手，耽误的可是众多的患者，即便医术再高明，没有仁心何为医。作品一再叙述李先儿平日里颇为讲究的养生生活，只是刻意地表现其人非常自我的本质，竟然为了一已私利误苍生，于此又再一次提到医德问题，医德的确关乎个人素养问题。

药草乃天地之灵物，天地不正，医者徒叹奈何。《四芽儿》里的叙述有些无奈和怅然。不是医术不精，不是传承失散，中医世家的现代传人，面对着河流干涸气候变迁药草性能的变异，苦不堪言，却无可奈何。

《四芽儿》有别于其他作品讲医术和医德，而是谈药材和药效，而二者又有着密不可分的连带关系。四芽儿是传说的一味中药，专治跌打损伤，其实四芽儿无非就是黄豆芽、绿豆芽、黑豆芽、红豆芽，只是入药的程序颇为烦琐和用心。然而就是如此寻常的入药材料，药效却大不如前，以致很多人质疑此方的传人杨四没有得到真传，对此，杨四淡然而笑，即便面对老友的套话，也只是念叨现如今环境污染，自然不再自然，非自然状态下生长的物种，即便是再普通也改变了属性，却不知纯天然是何等弥足珍贵。

杨四在心里告诫自己不能说的是四芽儿的来历：冬至到立春的数九天，将黄豆、绿豆、黑豆、红豆排入冬眠的癞蛤蟆口中，埋在袁店河畔向阳的湿泥窝里。半月后，癞蛤蟆嘴中长出豆芽，用竹筷子轻轻挑出……雄癞蛤蟆的四芽儿治疗女人的跌打损伤，雌癞蛤蟆的四芽儿治疗男人的跌打损伤。

杨四心里说，说也没有用，袁店河快没有水了，癞蛤蟆也没有药性了。结尾不言而喻，自然环境的日渐恶化，已让自然物种被迫改变了本质。作品虽在讲药性失效、讲环境破坏，实则是在谴责人类自己，人为地破坏自然渐而影响到植物属性，药材没有了药效，其最终结果还是报应在人类自己身上。作品巧用药材药效联系自然生态失衡问题，寓意深刻，蕴含警示意味。

乡村生活和人物，是写作的源泉。一串医者的人物形象，构成了赵长春对文学的追求和对现实的关切。赵长春的小小说以故事性见长，谈古论今，细说医道，各色人等在其细腻的文字里栩栩如生，宛如一卷生动的人物画卷。作者说："袁店河不再是一个真实的乡土，是我的精神寄托。有关袁店河的传说，就是我年年的谷子和芝麻，或饱或秕，都是我的收获。一天一月又一年，充实着日子，有些累，也很美。"

薛培政:责任与情怀

薛培政的小小说写作,属于现实主义基调,注重故事中的人物塑造、情节关联、环境描写和语言表达,如实反映生活。作品思想性强,人物情感丰富,叙述有致,故事递进枝干分明,描写生动。

薛培政作品的题材乍看驳杂,但细分却以两大类为主。一是军旅人生故事,这无疑与他多年的军营生活有关,曾任报道员、新闻干事等,经历丰富,见闻甚广;二是乡村纪事,少年时沂蒙山区的记忆,在转业定居中原后愈发清晰,也引作者深情回望。

我喜欢《一盏马灯》这样的作品。一盏马灯是作品里的道具,它之所以成为一位老边防的人生至宝,是因为它见证了一段激情燃烧的军旅岁月。时间流逝可以让马灯的模式褪色,但在主人公刻骨铭心的记忆中,灯光却永远闪烁如昨。军旅题材的刚健元素，军人性格的担当风骨，在作品中有淋漓尽致地注入与刻画。面对突如其来的诸多状况，军人特有的处理方式令人怦然心动，一盏马灯，也被赋予了太多的内涵。

命令如山倒，即使是明知冰河如陷阱，也要坚决按时完成使命。然而铁血男儿，亦有百转柔肠。面对抉择，不惧牺牲，亦不作无谓的牺牲。结尾时宁愿费力费时，翻山绕道返回营地，也要保证战友们的生命安全。这一情节闪耀着人文主义光辉，让军人的形象愈发真实饱满。

《旗魂》是一篇读来极为震撼人心的小说，以多义性塑造了一位从战争年代走进和平年代的老兵形象。鲜艳的红旗上曾沾染了无数先烈的鲜血，长安爷对战旗与国旗的守卫与呵护，凝聚着一代人炽热的爱国情怀。作品采用倒叙、插叙等叙述手法，在现实与回忆的交相辉映中，和平年代的长安爷几十年坚持为村民升国旗的感人事迹，战争年代革命前辈们浴血奋战的烽烟往事，一一展现在读者面前。长安爷身残志坚、不忘初心，在当年的战场上出生入死守卫军旗，和平年代又以榜样的力量滋养着一代代后人。

“人在旗在、旗在阵地在，促使他们砥砺意志，战胜困难，一个个成为行业的翘楚，且口口相传、生生不息，最后就成了刘家凹人的精神名片。”作品中，长安爷已化身为一面鲜艳的旗帜，高高飘扬在人们心中。

《梅痴》与《旗魂》的写作有异曲同工之妙。在这篇小小说作品中，复员归乡的国民党老兵长岭爷，把一腔爱国爱军情怀融于梅花图的画作当中："其画作虽算不得上乘，但下笔不俗，他笔下的梅树枝干坚硬，苍劲有力；错落的梅枝，虬曲灵动，肆意狂放；尤其是那幅残梅，虽主干断裂，枝条残缺，却傲然挺立，显现出坚毅的风格和不屈的灵魂，透出一股拙朴撼人的力量。"

在当年抗击倭寇的战场上，长岭爷与那株腊梅一样，经历了重重炮火的洗礼，他亲眼见证了战场上一株梅树的顽强不屈，并深受感染，自此爱梅画梅成痴。然而，在痴心画梅的背后，也隐藏着一位老兵的心事：期望得到一枚国家的功勋章，是长岭爷终生的信念。好在最后他终于如愿以偿。小小说结尾异峰突起，长岭爷将所有的画作收入全部捐建"梅岭小学"，则更见老兵长岭爷梅树一样的高洁品格。在这里，梅与人合为一体，梅品即人品，人品即梅品，满纸溢出梅花清芬。

特定时代、特定环境、特殊任务、特殊人物，于是便有了这么一个意犹未尽的《夜行》故事。夜行人巧遇夜行人，敌友难辨。纪律不允暴露身份。各自的信仰如何，无法沟通。虽心照不宣，但并不影响一路同行，相互依存。当下影视中的抗战故事被演绎得眼花缭乱，而这篇地下交通员的送信征途，尤其显得别致清新。小说的包袱就这么悬着，在从容叙述的表象下，隐藏着随时可能爆炸的惊雷。作者引而不发，就这么吊足了读者的胃口。

近一个时期以来，薛培政的写作视角投向故乡的父老乡亲，透视农村的变革和农民内心世界的变化，描绘他们对美好生活的向往与追求。其作品主题积极向上，情感细腻真挚，文风刚健质朴，富有浓郁的乡土气息。没有轰轰烈烈的大人物，亦不见波澜壮阔的大事件，笔墨所涉多是乡里乡亲的小人物。他们世世代代固守着脚下的热土，面朝黄土背朝天，日出而作，日落而息。悲欢离合的故事里，无处不闪耀着中华传统美德和人性美的光辉，读来自有一种亲切感与鲜活感。

怀乡情绪，亦谓乡愁。《乡恋》里的留根爷会绘画，整篇作品就是一副质朴而又优美的素描画。几笔留根爷由来的记叙，好似粗疏却恰到好处的线条，增加了人物的立体感。从留根爷这个“点”起笔，勾勒出几乎被遗弃了的村庄，描绘了事物今日和昔日不同的状态。碾子、石磨、辘轳、木杈、笤帚、簸箕……这些时代感极强的器物，和沧桑的老脸相对照映衬，人格化地融入留根爷当下的生活，更让人感受到流动的光影，使读者与主人公一起不无遗憾地感叹昔日的光景，想努力挽回正在渐行渐远的乡情。

《夙愿》这篇小小说写得干净、感人。干净，是指语言文字，不拖泥带水，没有多余的废话，行文干脆利索，文字简洁。

感人，是指故事本身，祖与孙的夙愿其实是一个，都是让鹁鸪岭的人吃饱饭，爷爷的做法是他那一代人的做法，没有收到应有的效果，反而让鹁鸪岭生态恶化；孙子的做法与当下的扶贫大环境相结合，和自己的知识相结合，让鹁鸪岭的生态重回以前。祖孙俩的形象塑造，都很成功。

好一个陈有道！在《陈有道的“道”》中，主人公的道非道，各种算计、心眼一直算到老、要到老，无非因为穷，因为生活艰难，但心性里的善还在，为了刘长斗和卢石头的后事跑前跑后。陈有道有歪门邪道，也有正道，让人恨不起来。作为小说中的人物，反倒有些可爱。不得不说作者将这个人物写活了。

年年春暖花开季，燕子归来寻旧巢。《留守的三娘》开篇即为读者营造出一份凄清孤独的氛围：风乍起，天转寒，燕子南飞，空余燕巢。房梁下，藤椅上，坐着孤零零的三娘，望着空了的燕窝痴痴地发呆。此情此景，宛然如画，一位孤独的留守老人如在眼前。孩子们长大，像燕子离巢一样飞向远方，只余下年迈的三娘守着老家空空想望。三娘只能把对儿女无尽的思念与孤独，诉于屋檐下的燕子。三娘是眼下众多农村留守老人的缩影。

“来年——谁——给燕子——开门——呐……”小小说结尾，油尽灯枯的三娘，带着对燕子的不舍与牵挂凄然离世。这里的燕子，一语双关，即是现实中的燕子，又代表着三娘远游的儿女。人燕离分,阴阳相隔,愈发加重作品的凄凉况味。

薛培政关注此类社会热点,用饱蘸情感之笔,深入乡人的内心世界,去抒写他们在现实面前的无奈、对远方亲人的期待以及对新生活的神往与构建,读来让人动容。作为一个有责任感、有情怀的作家,他一次次走进乡野深处,走到村街里巷之间,去寻觅、去挖掘一个个鲜活生动的故事,一个个亲切得如乡邻一般的人物,欲借手中的笔,为自己的故乡和亲人立此存照。很多读者说薛培政的作品通人脉、接地气,这当是对一位作家极高的评价。

崔永照:开掘生活中的正能量

小小说读写入门便捷,从者甚众,多年来产生了一拨拨儿的后继人才。崔永照与小小说的结缘,似乎可以追溯到少年时期,在阅读兴趣的感召之下开始动笔,日积月累,逐渐完成了从文学爱好者到职业写作者的转变,成长为知名的小小说作家。

崔永照写作视角宽泛,对社会与人生有着敏锐的洞察力,写作题材涉及生活方方面面,具有浓郁的生活气息。值得赞许的是他阳光般的写作姿态:既不规避有缺憾的社会问题,又善于在浮躁的现实中发现正能量的一面,坦诚面对人性的弱点,寻求一种心灵慰藉。

《颤抖的手》中的父亲是乡税务所的所长,儿子是乡镇企业的经理,对外是工作关系,对内是父子关系,而身为税务工作者的父亲却不徇私情,秉公执法,再三向儿子催要税款。作品在树立一个公正的税务人员形象的同时，并没有忘记这个税务人员的父亲身份——作为一个父亲对子女该有的情感寄托。在描写“大义”之时，也没有剔除“私心”的颤动。就像题目里所强调的，这其实是一个万分揪心的选择。而恰恰也是这种人性里的“软弱”，反而衬托出理智与情感背后更为可贵的坚持。当父亲再次来向儿子催要税款时，面对儿子的胡搅蛮缠，父亲一巴掌扇在了儿子脸上。疼在儿脸，也疼在父亲的心，这一巴掌寄予了一位父亲对子女的恨铁不成钢，希望儿子在创业的路上脚踏实地，遵纪守法方能走得更远。小小说通过父亲“颤抖的手”将人物形象刻画得血肉饱满。

再比如《钓鱼》。这看似是一个很常见的情节发展，但有趣的地方在于，面对含蓄的行贿诱惑，明明利害关系看得都非常清楚，但是人物却依然需要一个旁观者的点化和殷切的期许，方能真正破开内心的魔障。县市政管理局局长王海上任以来一向廉洁自律，每年经手市政工程建筑款上千万元都没动过念头，而私下收到企业经理老同学送来的 10 万元，却心烦意乱了，因为儿子结婚急需费用。王海的犹豫显然是想铤而走险。借钓鱼休闲，王海将这件棘手的事向老领导刘佩全盘托出请教，不料老领导刘佩不动声色，自顾讲解钓鱼技巧。刘佩在钓钩上换上了蚯蚓，他说：“各种鱼口味不同，你得变着法子迎合它们的胃口，才能钓到。钓鲫鱼要用蚯蚓做诱饵，钓草鱼要用鲜草做诱饵……”作品巧用钓鱼作为道具，情景交融，惟妙惟肖刻画了受贿与行贿者双方的心理活动，令人物自然而然觉悟，教化效果明显却不显得突兀牵强。

把老问题老现象赋予新的时代特色，讲出新的时代特点，是崔永照作品里体现出的一种可贵的倾向。这点在《老根叔》里体现得更为直接。在当下我国正在步入老龄化社会之际，像老根叔这样的一个老骥伏枥的典型人物，于“知天命”的年龄，竟然干出一番从不曾有过的人生事业。不只是在农村，在城市也极为罕见。其间体现的一些村民落后的小农意识固然让人思索，但引人关注的，则是对与传统“知天命”的老人生活定式的一种破解和拆除。《老根叔》与其说描写了一个农村典型人物，不如说是对农村土地流失现象抱有忧患意识，以此作为一种美好的解决契机。当城市经济紧缩，农民工返乡寻求出路时，老根叔欣然将企业交付村里，为大家创造了二次就业的机会，老根树这个人物形象也因此愈加高大，充满正能量。作品贴近农村现状，同时也对农村人物患得患失、小农意识的心理把握到位。

崔永照的作品，善于从生活琐事中开掘人性本色。《我的哥们是县长》写得诙谐轻快，是一篇反映人性弱点的作品，也是体现社会陋习之作。所谓的可恨之人必有可怜之处，但是同时也让我们看到，一个人的精神气质的不同，会对自己的生活甚至人生带来诸多变化和触动。因此，一个社会到底给民众建立了怎样的精神价值判断标准，无论是对于社会还是个人，显得尤为重要。所以精神文明的建设并不是空谈。文学的现实价值也在这里直接或间接地实现。妻子的一番话立时将臆想中的马小多打回现实，生活的压抑再次袭来。读到此处，不禁为人物马小多深深一叹。想来有多少不得志的世人，将希望寄予在别人身上，不为了实现什么人生目标，仅仅只是一种压抑人性的释放。作品写出了多数人的生存心态，意味十足。

创作不只是对于现实的观察、思索和映射，通过特定的技巧，让作品产生特别的阅读趣味，也是体现作品文学特性的必要手法。像《二友图》里，主人公不再具有人的形体，而是幻化为一块来历非凡的奇石，由此引出一段人间是非，阐释出某种道理，引发读者的思索。一块沉睡千年的奇石，因偶然的机缘进入了人类的世界，其梅花竹子的纹理图案被人类赋予了思想和意境。然而就是这么一块天然的石头，却屡屡游走于官商之间，成了一桩桩黑暗交易的工具。奇石无奈自己被人任意蹂躏的命运。当官员因为受贿被双规，世人又将过错归责在奇石身上。可叹人性之弱点，往往不自检其身，却惯于推卸责任。

从事小小说写作的洛阳，正在形成一支引人注目的生力军,崔永照是其中的重要一员,是极为活跃的新生代创作力量。崔永照说:“是小小说让我的文字在文学的母亲河里汩汩流淌,是小小说让我的人生之路更加多姿多彩。”

冷清秋:结构　文风　叙述

冷清秋以一种清新的文风与别致的叙述方式,创作出一批小小说作品,正逐渐引起读者的关注。她的成长进步,多得利于虔诚的学习态度。譬如坚持以自己的眼光,认真撰写"佳作欣赏""阅读笔记"等,主动把新作示给文学师长请教,以求学有所获。在写作中,她对世俗生存有着敏锐的观察和恻隐的表述,注重精巧的谋篇布局、匠心独具的氛围营造,善于人物的心理描绘和形象塑造。

《魔法之秋》试图开掘人性深处的东西。每个人都有不为人所知的一面,甚至好多面。那些"面"藏在时光的很深处,偶尔翻检时,一旦触动了某一个面,就会回忆、幻化、想象、显露,凸现出真实的一面。

在这篇小说中,冷清秋用类乎意识流的手法,向我们展示了她良好的结构小说才能:收放自如。将现实、过去、假设、想象等种种已经发生、可能发生、将要发生的故事串在一起，向读者展示了一个女人，一个热爱旗袍的女人背后的故事。

故事中的女人现实中老态、平凡，甚至平庸，毫无亮点可言，甚至为了排队买鸡蛋会和加塞的人打架。但即便是再平庸的女人，都有过去，有隐秘的故事。这个女人的故事核心是旗袍。她不穿，只是在镜子面前想象自己穿着旗袍，甚至，为了搭配旗袍点燃一支薄荷烟。她衣橱里的旗袍，她洗完澡后毫无羞耻地赤裸着身体，想象着穿旗袍的自己，袅娜浅笑，这些都隐藏了一个女人无限风光的过去和不为人知的细节。作者用这种想象和现实穿插，假设和幻化结合的方式，塑造了一个有着隐秘故事和对美好无限渴望的女人形象。

《给乡村擦泪》的题目取得有趣、有味。这篇作品写农村从落寞到热闹，吸引外出务工人员回归的一个过程，这个过程也是美丽乡村建设和发展的一个过程，有正能量。

写乡土的作品很多，但大多停留在记忆中的乡村，回忆中的乡愁，缺乏对当下农村的认识和思考。《给乡村擦泪》则不同，作者将视角对准当下农村存在的问题，大量人员进城务工后，村庄成了空心村，除了留守老人就是儿童，房屋、道路失修破败。拍客们的到来，给村庄带来了发展机遇，让村庄活起来，带动了农家乐、小商店等其他产业的发展。重新发展起来的村庄必然会吸引外出人员的回归，这是作者在思考当前农村问题方面，做出的一个积极的探索，给出的一种解决方式。《给乡村擦泪》，不让乡村继续落寞下去，显示了冷清秋的悲悯情怀，以及对当下乡村问题的深入思考和关注。

同样是农村题材，《万物复苏的季节》将农村生活写得摇曳生姿，从秋子姐的爱情到村里的人、村里的一草一木，都充满了灵性的美。这种美，是靠作者的文字掌控能力勾勒出来的，看似漫不经心地随意挥洒，却处处充满了独到的韵味，为读者构建了一幅静美但充满生机的乡村画卷。在这幅画卷里，秋子姐和白衬衣的姐夫的爱情故事，同样充满美感，与村庄的背景相得益彰。

在《暮鼓》里，方老爷子和那位秦腔票友可算是聚也忽然，离也倏然。在聚离和交往的细节里，最后叙述的细致处，却被别有用心地做了主题的隐藏。这种放开情节主线，而在背景细节上精雕细琢来体现意义的方式，大胆之余也体现了写作者对于创作的自信。当然这不是说"小说三要素"失效了，而是随着创作的不断往前发展，以往的某些概念可能需要重新再理解，老的习以为常的那些释义，可能已经无法妥善地解释当前创作的某些具体特例。

幸福是什么？这世上有万千种人生，此问的答案也许便有万千种。《像幸福一样幸福》，作品借一条小小的项链，来完成对一个女人幸福生活的阐释，与其说是讲一个故事，不如说在精描细画地描摹一种感觉。

故事很简单，一个女人因为爱母亲，把丈夫送给自己的定情信物——唯一的贵重饰品，随手给了母亲，而这条项链后来又出现在自己弟媳的脖子上。当女人从繁重的现实生活中抬起头来，目光落到弟媳脖子上的项链上时，内心里掀起无法遏制的波澜与冲动，而当她再次回归自己忙碌而又平凡的日子中时，她又开始自责……

细腻的心理描写，独白，旁白，回忆与现实的交替闪回，舒缓而从容地讲述一个女人细碎而不乏烟火气的人生：幸福是苦乐交织，是贫贱生活中的相亲相爱。平凡人事，被赋予文学的光芒，便呈现出不一样的审美效应。

一块《煤核》，贫困中可以给一个家庭带来希望与温暖，富贵中可给人带来警示与提醒。军机大臣李棠阶富贵之后不忘贫贱之苦，时时自省，处处自律，并以少年捡煤核发奋读书的故事来教育后代，是这篇小小说的动人之处。

作品采用故事套故事的手法，以寻常的生活场景入手，以主人公的回忆为线，讲述了李棠阶少年时期拾煤核、读书求学的故事，又以回归现实作结，文章首尾呼应，布局严谨。引经据典，化而无痕，于无声处教化世道人心。

世间多少王公巨卿，无不希望给自己的后世子女留下一笔财富。有留家财万贯，有留万卷藏书，也有的如文中主人公李棠阶一样，给子女留下世代留传的好家风。于今天的很多人来说，李棠阶煤核教子的故事，仍然有着巨大的教育意义。

小小说从民间兴起，30 多年来蔚然成林，演绎出一个耐人寻味的文坛传奇。正因为一茬一茬的小小说作家们茁壮成长，你追我赶，才维系了这一新兴文体的日趋成熟和长盛不衰。冷清秋的写作令我们有所期待。

衣袂：老鸹岭的故事

一方水土养育一方人，并滋生出不同的地域文化。故乡是作家们取之不尽、用之不竭的素材宝库，也是终生坚守的灵魂栖息地，越来越多的小小说作家们将自己的文学触角探触到故乡深处。那个故乡，或者真实存在，或者仅是虚构的一处精神世界……

衣袂的小小说创作，多围绕那个叫老鸹岭的地方展开。故土故人，乡音乡韵，带着浓郁的地方风情。掌故风物的细腻描写，方言俚语的运用，乡间人物的形象塑造，是此类题材的特色。《养柿子》《将军石》《爱莲说》《蝴蝶兰》等即为这样一组小小说佳作，皆能独立成篇，各臻其妙。亦雅亦俗的语言，匠心独具的构思，颇为耐读。

《养柿子》以孩童的视角，向我们讲述了一段深情且忧伤的乡村往事。娘是方圆百里内养柿子的能手，霜冻来临之前，娘将满树的青柿子用筐挑回家放到缸里养。养柿子是一道细致活儿，很显然也是老鸹岭一道独特的风景。

“已收拾干净的大缸，铁塔般的矗在西屋拐角，缸底垫着大马蓼。大马蓼散绿叶开红花，长在峭壁沾满露水的最为适用……大马蓼变成了黑汁水，还咕嘟咕嘟直冒泡呢，而捞出来的柿子，一色儿青亮，咋看咋喜人。削去皮，露出鲜红的瓤，咬一口，脆津津地嚼在嘴里，甜丝丝的沁在心尖上……”看这一段描写，字里行间都流溢着一股清香芬芳的乡野气息，让人忍不住对那瓤红味美的柿子无限神往。

自小得了哮喘病的二叔看上了麻脸老姑娘桂花，两情相悦，婚期在望。二叔却突然提出与桂花断交——原因来自桂花苛刻的成婚条件。二叔不忍心让为他们一家操碎心的嫂子——二狗娘再为自己操劳。会养柿子的娘挑着一担自己养的柿子去了桂花家。桂花就成了二狗的婶子。会养柿子的人，亦能养心。

以生动简洁又极富表现力的语言，选取富有生活气息的细节，在短短的篇幅里写活老鸹岭带有传奇色彩的那些人物，是衣袂老鸹岭小小说的一大特色。这样的小小说就像来自老鸹岭山间的风，清新，质朴，夹裹着一股浓浓的山野气息。《将军石》《麻劁匠》皆属此类佳作。

作品中巧妙地运用方言俗语，会给作品增色，但若一味沉溺于对方言俚语的运用则会成为文学传播的一道藩篱，因为作品毕竟要面对更大范围内的读者。同样是一篇写老鸹岭人物的小小说，《爱莲说》的语言、行文便与《养柿子》等小小说大相径庭、大异其趣。小小说描写了一位行走在老鸹岭山城的怪杰何先生，何先生有一门独门绝艺——水上画莲。先生“去深山老林采集百草，挤汁调色，或浓或淡，分罐存放。需用时，拿根筷子在罐中轻蘸，在水面一点一勾勒……眨眼间，小荷才露尖尖角，再眨眼，已有蜻蜓立上头。用一张纸覆盖住水面，小心地揭起，人群又是一阵惊叹——一副荷花图就这样跃然纸上了。”

这篇小小说以大开大合的构思，以典雅诗意的语言向我们展示了何先生才情满怀又坎坷多难的人生，莲出污染而不染，何先生的一生活得光明磊落。作者把对主人公的赞誉之情不动声色地寄于一种意象之中，读来余味悠长。